诺贝尔文学奖大师经典悦读　少 年 版 · 启 迪 卷

Jean-Christophe

约翰·克利斯朵夫

金 波◎主编

〔法〕罗曼·罗兰◎著　叶紫莹◎改写

北方联合出版传媒（集团）股份有限公司
辽宁少年儿童出版社
沈阳

著名儿童文学作家、诗人，
中国作家协会儿童文学委员会委员。

走进阅读殿堂，走近大师光辉

文◎金波

阅读是孩子汲取精神养分的重要途径。孩子们在阅读中采撷属于自己的精神云朵，找到自己渴望的人生暖意。而优质的阅读，更能帮助孩子打造坚实、宽广、崇高、美好的精神世界，提高孩子的生命质量。所以，建立优质的个人阅读史，对孩子来说尤为重要。

如果说，牙牙学语时，母亲讲述的故事（亲子阅读）是每个孩子建立个人阅读史的第一步，那么，学生时代的自主阅读，就是孩子建立个人阅读史的第二步。它是自发自觉的，是以个人自身感到了对阅读的渴望为前提的。我们用双眼看到的文字，用双手触摸过的纸张，有足够的力量变成一个无限大的世界，这个世界既是微观的又是宏观的，既能折射出个人内心的光芒，又能展现世界的无垠宽广。

因此，在个人阅读史建立的第二个阶段，"读什么"变得尤为重要。

很多家长会根据自己的人生阅历、鉴赏水平、审美趣味给孩子挑选作品；学校老师也会根据新课标要求，给孩子们推荐读物。可是，孩子们真实的想法、需求和兴趣点是什么？多年以来，我专注于儿童文学创作，通过文字与孩子们零距离接触，发现孩子们更愿意阅读有趣的、易读的文学作品。他们会根据自己的年龄特征、心理特征和审美趣味，建立一种属于自己的阅读心理秩序，而在这种阅读心理秩序建立的过程中，有趣易读的经典文学作品必不可少。

小当当经典阅读馆策划的这套诺贝尔文学奖大师经典悦读系列，就是以有趣、易读为前提，为自主阅读期的孩子提供了一个开阔、开放的阅读方向。

诺贝尔文学奖是目前世界上公认的具有最高荣誉的文学类奖项，自设立以来，诞生了百余位伟大的作家，他们为人类精神文明构建了一座辉煌的文学殿堂。这套诺奖书系旨在带领孩子们在个人阅读史建立的第二阶段，走进这座文学殿堂，在自己心中树立起一个精神标杆，进而构建个人独立自主的义学、美学乃至精神世界。

这套书邀请了诺贝尔文学研究专家为孩子们挑选篇目，精选了包括《尼尔斯骑鹅旅行记》《青鸟》《老人与海》等经典作品，这些作品在浩瀚的人类文明长河中也仅是数点星光。为了让孩子们易于读懂诺奖大师经典，编者还邀请了优秀的中小学语文教师和新锐儿童文学作家对作品进行改写。改写过程中，作者们保留了完整的故事情节和经典的故事场景，使作品更适合孩子的阅读喜好和认知水平。今天的阅读，就是把初读这些经典的感受，留存在童年的记忆中，为以后精读原作、深入钻研做准备。

我相信这套诺贝尔文学奖大师经典悦读系列，能让孩子感知外界、唤醒自我，促成个人价值观的形成和创造力的发展。愿这套书能受到广大读者的喜爱，愿每个爱阅读的孩子都拥有丰饶的内心，拥有宽广、富足的精神世界。

目 录

1

黎 明

1

昏黄的天色逐渐暗下来了。

一间屋子里，初生的婴儿在摇篮中沉睡，老人轻轻踩着地板走进来，发出咯吱的声响。孩子的妈妈鲁意莎担心惊醒了孩子，忙从床上探过身子，轻拍着孩子的胸脯。孩子还是醒了，眼珠慌乱地滴溜溜地转着。

刚走进来的是孩子的祖父约翰·米希尔，他将灯放在桌上，叨咕着说："他长得真丑！"

见鲁意莎噘起嘴巴，约翰·米希尔又笑着说："小娃娃都是这样的。"

鲁意莎默不作声地将孩子搂进怀里，看着孩子用力地吸着奶水，她喃喃地说："小乖乖，妈妈疼你。"

约翰·米希尔坐在壁炉边的椅子上，语气很严肃："做个正人君子才是最美好的。"突然，他想起了什么，问道，"你丈夫怎么还不回来？"

鲁意莎怯生生地回答："他还在剧院。"

"剧院早就关门了！"

"那大概还在学生家里上课吧。"

米希尔生气地踢了一脚壁炉："他一定又去……唉，我犯了什么罪，生下这样的酒鬼！你怎么不把他留在家里？"

"我已经尽力了。"鲁意莎埋着头哭泣，肩膀轻轻颤抖着，"您不知道我自己在家有多害怕。"

米希尔忙走上前，将被单披在鲁意莎的肩膀上："别怕，有我在呢。"他又坐回壁炉前，唠唠叨叨地说了半天，鲁意莎低头听着，没有再开口。

没人料到鲁意莎竟会和曼希沃·克拉夫脱结婚。鲁意莎是个厨娘，克拉夫脱家族则在莱茵河流域的小城中极有声望。曼希沃在宫廷剧场当提琴师，他的爸爸米希尔以前在大公爵的乐队担任指挥。照米希尔的话说：克拉夫脱家族一百多年就没娶过不懂音乐的媳妇。

谁也搞不懂曼希沃是怎么想的，连他自己都觉得奇怪。但世界上总有些人做事永远出人意料，甚至出乎自己的意料。

曼希沃就是这样的人。或许除了头脑、心灵与感官之外，还有神秘的力量主宰着我们的命运。

他们认识的那一天，曼希沃在河边碰到了鲁意莎。他俩坐在芦苇丛中，在鲁意莎怯生生的眼眸中，曼希沃遭遇到了那股神秘的力量。糊里糊涂中，他与鲁意莎订了婚约。

结婚后不久，曼希沃就后悔了。他发现周围的朋友们、有钱的女学生们，在自己面前变得傲慢。为此他很沮丧，又无法对妻子说出口。不知从何时开始，他不爱回家，常常在酒馆里喝得醉醺醺的。

鲁意莎觉得是自己让丈夫处在尴尬的境地，所以不敢频繁地劝丈夫回家。渐渐地，曼希沃越发不思进取了，本来就天资平庸的他日复一日地走下坡路，再也回不到原来提琴师的位置。

米希尔想着这些，深深地叹了一口气。他对自己的儿子感到无能为力。

米希尔和鲁意莎各自想着心事，不知不觉天色完全黑了下来。鲁意莎劝米希尔早点儿回家，老人家却担心鲁意莎独自在家害怕。

"不会有事的，我会照顾好自己，照顾好孩子。"鲁意莎说。

禁不住鲁意莎再三劝，米希尔还是拎着小灯快快地离去。

米希尔走后不久，躺在床上的孩子骚动起来。还是小小的一团的他，并不知道痛苦是什么，并不知道痛苦是无边无际的。孩子又哭起来，鲁意莎用温热的手掌抚摸着他的身体，那种弥漫在身上的痛苦才减轻了一些。但孩子还在断断续续地哭泣，仿佛幼小的他，对未来痛苦的命运有了预感。

远处传来圣马丁寺的钟声，那钟声飘荡在潮湿的空气中，就像踩在苔藓上的脚步声，轻轻地走近。这声音像乳汁一般亲切，驱散了所有的痛苦，婴儿很快沉沉地睡去。

鲁意莎心里期盼着丈夫能早些回来，但她一次次失望了。

在这等待中，窗外的大雨渐渐停了下来，远处的钟声更加的缓慢，直到飘散在耳边。终于，她躺在婴儿身旁，沉沉地睡去了。

其实米希尔并没有离开。他站在屋子前面，等待酗酒的儿子归来。圣马丁寺的钟声使他悲伤不已，羞愧的泪水顺着他的脸颊淌下来……

日子周而复始地流淌。转眼间，几个月过去了，祖父米希尔给孩子取了名字，叫约翰·克利斯朵夫。

圣马丁寺的钟声依旧，躺在小床上的克利斯朵夫每次听到这钟声，仿佛看见音波在空气中荡漾。无牵无挂的鸟儿从窗外的一角飞过，明朗的天空在微笑，阳光轻轻地穿过窗幔。克利斯朵夫睁着眼睛，看着眼前小天地里的一切——无论是飞过的苍蝇，还是脚步轻盈的猫，静止不动的壁炉、桌子，它们都一样有价值，一律平等地生活在那里。

这些生命初期的日子，在克利斯朵夫的脑海里留下模糊

的印象，宛如微风轻拂，云影掩映的麦田。

当克利斯朵夫长大了一些，刚刚会走路的时候，祖父会带着他一起去教堂。

有一回，他和祖父一起去教堂的路上，忽然间，一阵如瀑布般的声音传来，让他震惊不已——那是管风琴的声音。像某种神秘的力量灌入了身体，他忽然安静下来。他并不知道那是什么声音，只是觉得听起来很舒服！他的心悬在半空，像鸟一样，时而飞向东，时而又飞向西，自由而快乐！

克利斯朵夫很早就表现出过人的想象力、强烈的好奇心和音乐方面的天赋。在家里的时候，他当草毯是船，地砖是海洋，他幻想走出草毯就像离开船一样，会被淹死的。可妈妈鲁意莎毫不在意地在眼前的地砖上走过，克利斯朵夫诧异地拉住妈妈的衣角："干吗不从桥上走呢？"

妈妈有很多事情要忙，没有空理睬克利斯朵夫的幻想，匆忙地走开了。

才一会儿的工夫，克利斯朵夫就忘掉了船和大海的幻想。小小的他躺在地上，哼着自己编的小调。有时候，他盯着自己的指甲，或者盯着地砖的纹路，可以盯着看许久。

在幼小的克利斯朵夫心里，这个世界上奇怪的东西太多了。当他走在田野间时，会幻想自己是大魔术师，会挥着手臂，命令云彩："向右边去！"但云彩们偏偏要往左边飘。他跺着脚，用棍子威胁它们，它们终于肯听话地向右边飘，他开心极了。

黄昏时分，祖父去散步总带着他。老人喜欢讲故事，讲古罗马将军雷古卢斯的故事，讲想刺死拿破仑的施塔普斯的故事，还讲拿破仑征服欧洲的故事。祖父最喜欢讲的是拿破仑的故事，因为那个故事里，有他的参与。"我差点儿和拿破仑交锋，当时我们在战场上，只相距四十多里，可是我所在的军队突然慌乱地逃跑，我也被簇拥着离开了战场。"祖父讲完这一段，就不讲了。

克利斯朵夫还想听下去，可是祖父却开始用些难懂的词咒骂拿破仑。

散完步回家的路上，他们有时能遇见赶马车的乡下人。祖父和赶马车的人聊起天来，然后把克利斯朵夫抱上车。克利斯朵夫坐在车夫与祖父之间，他总是好奇地瞧着马耳朵，那双耳朵一会儿向左，一会儿向右，一会儿朝前，一会儿朝后，逗得克利斯朵夫大笑："祖父，你快看，马耳朵多可爱！"

可是祖父不耐烦地推开他，说："克利斯朵夫，别闹。"

克利斯朵夫暗想，原来人们长大以后就对什么都不好奇了。于是，他收起好奇心，装作大人的样子，对什么都漠不关心。

祖父和车夫谈论着什么，忽然声音大了起来，似乎是在争执。克利斯朵夫担心他们会打起来。他不知道的是，祖父和车夫谈得相当尽兴——以大人的方式。

到了目的地，车夫把克利斯朵夫抱下车，挥鞭离去。祖孙俩慢慢往家里走去。

当他们走近家门时，听到了熟悉的蟋蟀声，看到了妈妈微笑的脸庞，克利斯朵夫的心里充满了甜蜜的宁静。

直到长大以后，克利斯朵夫才明白那种甜蜜——家是抵御一切危险、给人庇护的地方，没有敌人能踏进家门。

吃过晚饭后，临睡前，妈妈总是会轻轻握着克利斯朵夫的手，还依着他的要求，哼唱一首歌词没什么意义的小调。

其实，在爸爸曼希沃看来，妈妈哼唱的那些曲子都是胡闹的音乐，但是克利斯朵夫却百听不厌，他只觉温情荡漾，听着听着就会用胳膊使劲儿搂着妈妈的脖子，那是最甜美的幸福。

那时候，克利斯朵夫还不知道该如何用语言形容他对妈妈的爱，对生活的爱！这个小生命有满满的元气，他天生是幸福的，并愿意拿出所有的热情去追求幸福！

可是，人生很快会令他屈服。

2

克利斯朵夫的祖父米希尔年少时脾气暴躁，喜欢打架。有一回闹出乱子，逃到了这座莱茵河畔的小城波恩。四十岁后，米希尔娶了王宫乐队指挥的女儿克拉拉为妻，后来继承了岳父的差事。他们和睦地生活了十五年，克拉拉先后生下了四个孩子，之后不幸地去世了。

米希尔承受着丧妻之痛，大哭了几场，后来娶了第二位妻子奥蒂丽。奥蒂丽和米希尔一起生活了八年，之后也去世了。那之后，年迈的米希尔再也没有组建新的家庭。

米希尔是个感情丰富的人，也很容易冲动，还拥有运动员一般的体格，在莱茵河地区非常有名。演出遇到不满意的时候，他甚至在音乐会上摔指挥棍，骂乐师。有一次，他大发脾气之后，整个乐队都罢工了，他骄傲地提交了辞呈，没想到竟然没有人挽留他，他就这样灰溜溜地离开了乐队。

米希尔是个闲不住的人，也不能没有音乐。离开乐队后，他偶尔会给学校上课，或者到处找人闲聊。米希尔甚至尝试创作乐曲，创作完成后却发现自以为独创的乐曲，其实是某些音乐家的作品断片。然而这并不会打击到米希尔对音乐的热爱，他心中藏着许多美丽的种子，只是无法发芽长大。

所以米希尔把希望寄托在儿子曼希沃身上。曼希沃从小就有音乐天赋，糟糕的是他没有思想，甚至不愿意拥有思想。他只知道卖弄声音，却不知声音所表现的情感。

结婚后的曼希沃沉迷于酒精，若不是米希尔的声望，曼希沃甚至连提琴师的职位都保不住。虽然家庭收入在慢慢减少，曼希沃却继续纵情享乐。

曼希沃的妻子鲁意莎不放过任何挣钱的机会，她经常出去做厨娘，给别人帮工。

大概五岁那年，克利斯朵夫第一次去妈妈工作的地方。一进厨房，他就被一群吵闹的仆人包围，他慌张地扑向妈妈，躲起来后才偷偷地打量屋里的人。妈妈有一种大事在身的神气，这种神气是克利斯朵夫从来没见过的。但当女主人走进来时，妈妈的神气就变成了谦恭，她瞬间变得恭敬的样子让克利斯朵夫愣住了。女主人拉住克利斯朵夫的手，说要带他去和她的孩子们一起玩。他并不想去，可看到妈妈巴结女主人的神情，只好默默跟在女主人的身后。

女主人带着克利斯朵夫来到了一个园子里，园子里有两个年纪相仿的孩子，一个男孩，一个女孩。他们都沉着脸，似乎在生气。女主人把克利斯朵夫带到园子里就离开了。

男孩和女孩见到克利斯朵夫，将他从头到脚地打量一番。

小姑娘噘着嘴对她的兄弟说："他是个穷小子。"

克利斯朵夫结结巴巴地说："我爸是曼希沃，妈妈是厨娘鲁意莎！"他以为这么一说，肯定会驳倒他们瞧不起人的偏见。哪知他们不屑地问他："你将来是想当马夫还是想当厨子？"克利斯朵夫只觉有一块坚硬的冰尖刺透了他的心。

小姑娘让克利斯朵夫做跳栏的游戏。克利斯朵夫跳的时候绊倒了，裤子的膝盖部分撕破了，还差点儿砸破脑袋。看着他狼狈的样子，两个孩子高兴地跳着舞。克利斯朵夫又羞又恼，这是他生平第一次发现别人的丑恶！他觉得心里很难过，所有的情绪化为一股怒火，他低着头冲向两个孩子，推了女孩一下，并一拳将男孩打倒在花坛中。

女主人听到吵闹声，跑出来狂叫，又喊来鲁意莎。鲁意莎上来就给克利斯朵夫几个巴掌，又要他给两个孩子下跪道歉。他不肯，狠命挣脱妈妈的手跑回家了。一路上他的泪水像决堤的洪水。

这是克利斯朵夫初次尝到人间的不公。

此时，他们家的经济情况已经非常艰难了，可是爸爸曼希沃却从不在意。每当坐在餐桌前，他都大口地吃菜，一点儿都没有发现妻子和孩子连饭都吃不饱。

克利斯朵夫憎恨爸爸，幼小的他觉得，爸爸不仅不管他们，还要跟他们抢那一点儿粮食。

一天晚上，爸爸又醉醺醺地回来，胡乱耍着酒疯。克利斯朵夫被吓坏了，他踉跄着逃到卧室的尽头，扑到床上，把脸埋到被子里。

天黑以后，鲁意莎疲倦地走进家门，手里拎着一篮子衣服。她刚进家门就看到家里一片混乱，听到醉酒的丈夫骂骂咧咧的声音，儿子惊恐的哭声……鲁意莎眼中冒着怒火，大声地对曼希沃嚷："该死的酒鬼！"

鲁意莎骂完曼希沃，走到小床前，柔声安慰着克利斯朵夫。克利斯朵夫还是在不停地发抖，哭了好久才安静下来。母子俩坐在一起，共同祈祷上帝，希望爸爸早日改掉酗酒的恶习。

克利斯朵夫就在这样的环境中渐渐长大了，他有着结实强壮的身体，但是他像祖父一样，很爱打架。虽然他看上去非常勇敢，其实他也有胆小的一面。他害怕黑暗，总是觉得会有神秘的东西藏在暗处，他还害怕妖魔鬼怪，害怕正对着楼梯的门，总觉得门背后躲藏着奇怪的东西或人。

有一回，与克利斯朵夫约好了一起玩耍的孩子弗理兹没有出现。到了晚上，克利斯朵夫躺在床上听到邻居太太来访，曼希沃扯着粗嗓门喊："克利斯朵夫，你听到没有？你的伙伴弗理兹死了！他得了奇怪的病。"

克利斯朵夫惊恐地睁大了眼睛，在黑暗中挣扎了一下，小声地说："知道了，爸爸。"

曼希沃无法理解儿子语气中的冷漠："难道你不觉得难过吗？"

克利斯朵夫无法告诉父母他很害怕，尤其是听大人们说导致弗理兹死亡的那种病会传染时，他感到更加恐惧。他想起他最后一次和弗理兹见面时，和他握了手。

整整一夜，克利斯朵夫都在恐惧地想：我要死了！我要死了！

从此，这个可怕的念头令克利斯朵夫备受煎熬——他总是害怕自己也会忽然死去。

幸好有音乐！

就在克利斯朵夫第一次接触死亡，第一次被死亡的恐惧吓到时，祖父米希尔带回来一架旧钢琴。克利斯朵夫总在钢琴边转悠，只要家人一转过身，他就按下一个琴键。如果妈妈出门，家里只剩他自己，他便揭开琴盖，爬在一张椅子上，用心地按着琴键。独自在音乐的森林里徘徊，他觉得琴键的声音美妙极了！

有一天，爸爸撞到克利斯朵夫正在按琴键，竟难得地亲热地问："要不要我教你弹琴？"

克利斯朵夫高兴地嘟囔着："当然愿意！"于是，父子俩便一起坐在钢琴前，认真地弹奏。那是爸爸少有的温柔，他耐心地教克利斯朵夫，克利斯朵夫喜滋滋地暗想：爸爸是不是很喜欢我呢？

这天之后，曼希沃经常带克利斯朵夫参加室内音乐会。小小年纪的克利斯朵夫，认真地倾听着每一场演奏，他没有意识到使他兴奋的都是高雅的音乐。幼小的他默默地想：将来我也要演奏这样的音乐。只要有音乐，一切悲痛与耻辱都会消失、走远。

其实曼希沃并非真的变成了慈父，只是当他那天撞到克利斯朵夫弹琴时，心头一亮：这不是神童吗？好好地培养他，万一成功了，将来这孩子可以带他周游德国，过高品质的生活。

抱着这样的想法，曼希沃整天让克利斯朵夫练琴。

枯燥、单调、乏味的练琴生活，很快就令克利斯朵夫感到厌烦了。他初次接触音乐时的惊喜和激动早已消失。

有一天，克利斯朵夫终于鼓足勇气对爸爸说："爸爸，我不想弹琴了。"

曼希沃很生气，拼命摇着他的胳膊："你不是很喜欢音乐吗？为什么不好好练呢！"

克利斯朵夫大声哭泣："我不喜欢音乐！"

曼希沃恶狠狠地说："你必须弹！"

克利斯朵夫嚷嚷道："我就是不喜欢弹琴！"

曼希沃将儿子推出门外，恐吓他说："如果你不好好弹琴，这个月就别想吃饭了。"说完，曼希沃又朝他的屁股踢了一脚，用力地关上了房门。

克利斯朵夫坐在楼梯外，一边哭，一边眺望着窗外。窗外就是美丽的莱茵河，它日夜不息地奔流，温柔的绿波就像一张思想的网……

隔着玻璃，河岸边的风景忽而出现，又瞬间隐没，幻想中的美妙音乐在空中回旋，自由的心灵神游太空，克利斯朵夫这才感觉到了一丝幸福！

黄昏来了，下起雨来，雨点在河上面打着转。楼梯那边，幼小的克利斯朵夫趴在窗边，他脸上还带着泪痕，但是却闪着幸福的光芒。

——他睡熟了。

3

克利斯朵夫无法反抗强大的父亲，从此以后他过上了炼狱般的生活。克利斯朵夫必须每天坐在那会发出声音的"刑具"前反复练习，只要弹错一个音，戒尺就会打下来。

那时的克利斯朵夫才六岁多，可是他的每一天都是这样度过的。

波恩有一座剧院，每周都有三次演出，会上演歌剧、话剧、喜剧、歌舞、杂耍，及一切能上演的节目。米希尔对所有的节目都很感兴趣，因此每次演出时，他都会去。

有一次，米希尔带着克利斯朵夫一同去剧院看演出，他们坐在第一排靠近乐队的地方。看着富丽堂皇的剧场，那么多等着开场的观众，克利斯朵夫不敢回头看，他紧张地以为所有的目光都在盯着他。

演出终于开始了。克利斯朵夫张着嘴巴看得出神，他一度觉得自己快要失去呼吸了，他在心里默默念叨：一定不要剧终，千万不要结束。

看完了演出，在回家的路上，祖父米希尔问他："你快乐吗？"

克利斯朵夫深深地叹了口气，用很轻的声音说："哦！是的，我很快乐。"

米希尔笑了笑，说："你瞧，做音乐家多了不起！"

从那天起，克利斯朵夫的唯一欲望就是看演出。每周的前三天，他回忆着看过的演出，后四天，期待着下一次的演出。到了节目上演的那天，他就吃不下饭，会跑去看时钟几十次，总会担心天不会黑下来。待开演的闹钟响起，他的心会跟随着乐队奏的序曲猛烈地跳动。

后来的演出会时常请一些音乐界的大师来参加，这些大师们让克利斯朵夫更加兴奋了。

有一次，德国有名的歌剧大师法朗梭阿·玛丽·哈斯莱要来亲自指挥乐队演奏自己的作品，全城为之轰动，所有人都在谈论这件事，人们把音乐家的起居生活描绘得离奇有趣。

音乐会开始的那天，全城的人都到了剧场。哈斯莱一出现，就受到了满堂喝彩。克利斯朵夫一直盯着大师的身影，音乐响起时，他兴奋得摇头晃脑，手舞足蹈。剧场里，掌声和欢呼声像雷雨一般轰隆响起。

演出即将结束的时候，大批观众朝着舞台奔去，都与音乐家握手。克利斯朵夫也想挤到台边，可刚刚接近，他又惊慌地逃走了，他实在太害羞、太胆小了。

演出结束后，哈斯莱举行了庆祝宴会。哈斯莱对克利斯朵夫的祖父米希尔大为赞赏，祖父诚惶诚恐地道谢，对哈斯莱说了好些奉承话。

哈斯莱瞧见了祖父身边的克利斯朵夫，亲切地摸着他的头。当听米希尔说这孩子喜欢他的音乐，这几日兴奋得睡不好觉时，他亲热地将克利斯朵夫抱起，跟他聊起天来。

不一会儿工夫，克利斯朵夫已经和哈斯莱很熟悉了。他悄悄地说想做哈斯莱那样的音乐家，写出美妙的作品，当一位伟大的人物。

哈斯莱笑眯眯地说："等你长大了，来柏林找我吧。"

克利斯朵夫不知该怎么回答，他对长大，对柏林都没有太清晰的概念。

哈斯莱又问："怎么了？不愿意吗？"

克利斯朵夫拼命地摇头。

"那就说定了啊。"

告别的时候，哈斯莱又给克利斯朵夫的衣兜里塞了好些糕饼，然后说："再见！别忘了我们约定的事情。"

那天之后，在克利斯朵夫的整个童年里，哈斯莱都是克利斯朵夫崇拜的偶像。当时才六岁的他，就像模像样地想要写曲谱了。其实，在这之前他早已写了自己的乐曲，只是他不知道而已，不过祖父帮他记了下来。

那是在哈斯莱演出之前的某一天，克利斯朵夫在祖父家里转着圈玩，一边玩一边哼着连他自己都不知道的调子。米希尔正在剃胡子，就问他："你在唱什么呢？"

克利斯朵夫回答："不知道。"

"再来一段。"祖父鼓励他说。

可是克利斯朵夫再怎么尝试，都找不到自己之前哼唱的调子了。

几天以后，克利斯朵夫又哼了一段旋律轻快的调子，被悄悄观察他的米希尔记了下来。一周后，米希尔拿出乐谱放在琴架上，让克利斯朵夫弹奏看看，克利斯朵夫勉强地弹完了。

祖父问他："这是什么音乐？"他茫然地摇摇头。

祖父笑着叹道："傻小子，你自己创作的调子不认得了吗？"

克利斯朵夫大吃一惊，难怪觉得好熟悉，原来是自己作的曲子。

祖父给克利斯朵夫解释，这是他根据克利斯朵夫哼唱的调子记录下来的乐谱，还拿乐谱本给他瞧。封面上用美丽的字体写着：《童年遣兴》：咏叹调，小步舞曲，圆舞曲，进行曲，约翰·克利斯朵夫·克拉夫脱作品第一号。

克利斯朵夫愣住了。年幼的他还没有明白，对于一个天生的音乐家来说，一切都是音乐。刮风的夜，流动的光，闪烁的星辰，鸟语，虫鸣，吱嘎响的门，这种无所不在的音乐，在克利斯朵夫的心中都有所感受，所以很快化作独特的音乐，只是他自己并没有意识到。

那天回家的途中，克利斯朵夫快乐得飘飘然，他仿佛觉得路上的石子都在跟着跳舞。从那天起，连字都不怎么会写的他，正式开始作曲了。每当写出来时，他都会拿给祖父看，每次祖父都会美美地夸奖他一通。

其实，勉强会作曲的克利斯朵夫，根本没有懂得乐曲中的思想，这样很容易被宠坏。幸运的是，有一个人及时挽救了他。

这个人就是鲁意莎的哥哥，克利斯朵夫的舅舅。

舅舅不到四十岁，是个小贩，整天背着包，包里装满了货物，走村串巷地贩卖。克利斯朵夫的祖父和爸爸都瞧不起他，觉得小贩的职业太过卑微，有损他们的尊严。

克利斯朵夫学着祖父和爸爸的样子，存着瞧不起小贩的心，常拿舅舅解闷，嘲笑舅舅，舅舅总是大度地一笑了之。

一天晚上，克利斯朵夫跟着舅舅坐在家附近的河边，他调皮地捉弄舅舅，但是舅舅不发一语。过了一会儿，舅舅忽然高声唱起歌来。他的声音很轻，可是很动人。克利斯朵夫从来没有听过这样的歌，他被震惊了。

当舅舅唱完了，克利斯朵夫爬到舅舅跟前问："舅舅，你唱的是什么？"

"我说不出是什么，就是一首歌。"

"是你编的吗？"

"哦，我编不了。"

"我是会编的，我长大后要当个大人物。"克利斯朵夫骄傲地说。

舅舅笑了："你为了做大人物才想编歌，这样的你就像一条追着自己尾巴打转的小狗。"

克利斯朵夫很不服气："我就是想自己编曲子呢！"

"你听听，它们唱的是不是比你编得好？"舅舅忽然做了一个安静的手势，然后对克利斯朵夫说。

克利斯朵夫侧耳倾听，那是河水流淌的声音，虫子鸣叫的声音，人走路时的沙沙声……这些声音不知听过多少次，可克利斯朵夫从来没有那一刻的感受！他心里充满了柔情和忧伤，他想拥抱河流、天空和星星。他激动地对舅舅说："我爱你！"

舅舅又惊又喜！他没想到这个孩子会如此热情地表达情感。

那天之后，克利斯朵夫总是和舅舅一起散步，他时常静静地听舅舅唱歌。

有一天，曼希沃将克利斯朵夫创作的第一支曲子《童年遣兴》献给了波恩市的大公爵，没想到大公爵痛快地批准了克利斯朵夫的作品音乐会。为了音乐会，家人专门为克利斯朵夫定制了礼服、高级内衣和漆皮鞋，又教他行礼，请来理发师给他化妆。

可是待音乐会开始，音乐大厅里却有一半的座位是空的。

家人把克利斯朵夫抱到琴凳上，那时他还太小，连琴凳都爬不上去。克利斯朵夫弹奏着《童年遣兴》。虽然只来了一半的观众，但观众的反应十分热烈，不断地要求再来一遍，全场的人站起来向他欢呼。

克利斯朵夫羞红了脸，下台后，他低头往出口处跑。在一位副官的带领下，他来到了大公爵的包厢。

包厢里，克利斯朵夫见到了长得和哈巴狗似的大公爵，还有公爵夫人和公主。年轻的公主很喜欢克利斯朵夫，说他是个好宝贝，还使劲儿地亲吻着他的小脸蛋。

原本是愉快的一天，可是刚回到家里，爸爸曼希沃就骂了句"混蛋"，还挥起拳头要揍克利斯朵夫。原来，在大公爵的包厢里，克利斯朵夫说出《童年遣兴》中最好的部分是祖父写的，这让爸爸觉得丢了脸面，因为他曾对大公爵说，自己的儿子是神童。克利斯朵夫不服气，委屈得眼泪汪汪。

正当家里一片混乱时，一个仆人送来了大公爵和公主的礼物，一只金表和一盒精美的糖果。爸爸这才觉得，大公爵没有因为自己的谎言而生气。

原本以为一切都已平静，可是克利斯朵夫不小心把金表掉在地上，摔碎了，爸爸终于狠狠地揍了他，这一次，妈妈也站在爸爸那一边，生气地说要没收糖果。

晚上，大人们愉快地吃着庆祝演出顺利的晚餐，唯有克利斯朵夫躺在床上睡觉——他疲倦极了，也委屈极了，这一夜他都没有睡好，不断做着可怕的噩梦。

2

清 晨

1

时光飞逝，五年过去了，克利斯朵夫马上就要十一岁了。祖父米希尔让他跟随圣马丁寺的管风琴师学习和声，老师告诉克利斯朵夫："凡是让人听了觉得会陶醉在其中的和弦，都是不能用的。"

克利斯朵夫一点儿也无法理解，反倒更加喜欢和声。

那一年，克利斯朵夫被正式认命为宫廷音乐会的第二提琴手。就这样，年少的他开始挣钱。家里的经济状况一天不如一天，曼希沃酗酒更加厉害，祖父米希尔也老了。

大公爵来了兴致时，常常要听克利斯朵夫弹琴，而且常常在晚上。好几次，克利斯朵夫正要休息时，不得不赶去为这些笨蛋们弹奏。他感到耻辱，很痛苦，又不能表达出来。家里欠肉店好几个月的账，他不得不压住傲气，低着头挣钱。

家人并不理解克利斯朵夫的痛苦，他们为他能进入宫廷演出而自豪。不去弹琴的时候，即便待在家里，克利斯朵夫也不开心。家人的朋友们进进出出的，那些人他全都不喜欢。爸爸的朋友俗不可耐，祖父的朋友都是多嘴的老头，妈妈只和邻居妇女来往……

最令克利斯朵夫讨厌的是丹奥陶伯伯。丹奥陶伯伯是个暴发户，嫌弃传统的理想主义，崇拜强权与成功。但他很有钱，所以受到全家的奉承。

克利斯朵夫经常受到丹奥陶伯伯的嘲弄。有回在饭桌上，他被折磨得实在不像话，便朝着丹奥陶伯伯的脸上吐了一口唾沫。丹奥陶伯伯先是一愣，随后很快反应过来，破口大骂。克利斯朵夫也被自己的行为惊得呆住了，连打在身上的拳头都没有感觉。

那天夜里，克利斯朵夫跑到田里睡了一晚，天亮时才鼓足勇气去敲祖父的门。

一家人找了他一夜，他回来时，家人却没有怪罪他，因为晚上还要他去宫廷演奏，这件事也就作罢了。

唯一感到开心的时候是和舅舅在一起的时候。

克利斯朵夫和舅舅约定了他们的信号。半夜里，只要舅舅吹一声口哨，克利斯朵夫便翻过墙头，舅舅则在外面用肩头接应他。

他们有时坐着快艇，漂荡在河面上，舅舅轻轻地唱歌，芦苇摇曳，星辰安静，这样的时光让克利斯朵夫觉得，一切苦难和痛苦都消失了。

这样出格地玩，有一回被家人发现了，从此克利斯朵夫被严令禁止夜里独自外出。大家都说他和舅舅来往是自甘堕落，不爱惜身份。他只好更加隐秘地偷偷跑出去找舅舅。

毕竟，那个家让他倍感压力。爸爸曼希沃还是不断地酗酒。他们的家境也越来越萧条，缺钱的时候，祖父米希尔不得不卖掉心爱的家具，或者纪念品。曼希沃如果发现自己的爸爸背着他给妻子鲁意莎钱，便从鲁意莎那里抢去。米希尔知道了之后，气得直哆嗦，和儿子大吵一通。他们俩的脾气都十分暴躁。

米希尔常常忧愁地说："可怜的孩子们，我要是死了，你们可怎么办？"

有一天，米希尔喝了许多酒，回到家里后，在园子里拔草。克利斯朵夫拿着一本书，心不在焉地望着祖父。突然间，祖父倒在地上，一动也不动。克利斯朵夫瞧见后，忙跑了过去，一眼见到祖父流着鲜血的眼睛，吓得身体都凉了。

大人们手忙脚乱地将祖父抬回屋里，待老人恢复了一些精神，慢慢地睁开双眼，瞪着众人的脸，脸上带着恐惧和不安，结结巴巴地说："我是要死了吗？"

祖父沉痛的音调，深深地刺激着克利斯朵夫的心，他一辈子都忘不了这个声音！妈妈轻轻拉着克利斯朵夫的手，走至祖父的跟前。

祖父刚想摸摸克利斯朵夫的脑袋，可他立刻陷入了昏迷，从此再也没有醒来。

站在床前的克利斯朵夫昏死过去。

米希尔死后，没有了束缚的曼希沃更加肆无忌惮，几乎每晚都喝得醉醺醺。若不是看在过世的米希尔的面子上，宫廷乐队早就不要他了。

由于曼希沃经常缺席，只好由克利斯朵夫代班，他当上了第一提琴手。

曼希沃越来越糟糕，还将家里的书籍、家具、音乐家的肖像等卖了换酒。什么都卖，甚至打起了父亲带回家的那架旧钢琴的主意。

那天，克利斯朵夫刚刚回家，就发觉气氛不对，心里一阵难受。他跑到自己的房间，钢琴果然不见了！克利斯朵夫气得失去了理智，冲到爸爸跟前，嚷道："你这个贼！"

"对，我是个贼！孩子们都瞧不起我，我还是死了的好！"曼希沃愤怒地吼叫。

克利斯朵夫问："钱呢？"

曼希沃不情愿地从衣兜里掏出了钱，用颤抖的声音说：

"我的儿子，不要瞧不起我。"

"爸爸，我没有瞧不起你，你不知道我有多痛苦！"克利斯朵夫搂住爸爸的脖子哭了。他深深地感到了生活的悲哀。

过了一会儿，克利斯朵夫说："爸爸，家里的钱，应该交给另外一个人管理。"

曼希沃的酒意正浓，说应该写个呈文给大公爵，请求每月的薪水由克利斯朵夫代领。克利斯朵夫觉得这样很丢人，说什么都不肯。曼希沃执意要写，当场就提笔写下。就在这时，刚进门的鲁意莎在问过情况后，也说不愿意丈夫丢这个脸。

于是，写好的信被扔进了抽屉。

过了一段时间，曼希沃又大醉而归。

克利斯朵夫想起不久前的呈文，迟疑着是否拿去执行。一方面家里的钱快被爸爸败光了，另一方面又觉得太过丢人。

最终，克利斯朵夫还是决定去大公爵家一趟。不过短短二十分钟的路程，竟走了一个多小时。克利斯朵夫慢慢到了楼梯口，又待了几分钟，直到有人远远地走来，他才不得不进去。

哈曼·朗巴哈男爵接待了克利斯朵夫，他简单地问了克利斯朵夫几个问题，就痛快地收下了揉得皱巴巴的呈文。

离开了大公爵家，克利斯朵夫觉得羞愧不已，总觉得刚才人家说的话，同情中带着侮辱的讥讽，他恨不能找个地缝钻进去。

酒醒后的曼希沃将自己的提议忘得一干二净，得知了这件事之后，大发雷霆。他到外面跟别人诉苦，说妻儿只会搜刮自己。回到家时又从克利斯朵夫手中骗钱，还去小酒店赊账，经常无故不去乐队工作，直到最后被开除。

这样的日子持续了三年多，十四岁的克利斯朵夫成了一家之主。他毅然挑起家庭的重担。乐队的薪水不够家用，他便开始教课。

每天早上九点，克利斯朵夫准时教他的女学生弹琴。上完课，他直奔剧院上预习会。傍晚散场后，他还要去大公爵家弹琴。

多么紧张的岁月！当别的孩子在玩耍时，他则低着头，认真地在钢琴前皱眉弹奏。

演出常常在深夜才结束，克利斯朵夫从大公爵家里出来，要穿过大半个城区才到家。这时候他总是特别困倦，边走边打着瞌睡，却不得不小心着，不能弄脏唯一的晚礼服。

对克利斯朵夫来说，唯一的娱乐，是一个人在顶楼对着破钢琴弹奏。他常常被音乐感动得流下泪水，他知道自己不是孤独的，背后站着爱他的灵魂……

2

克利斯朵夫刚刚度过十五岁的生日时，乐队指挥邀请他去乡间一家别墅吃饭。

那是一个晴朗的周末，他坐上一艘开往乡间的船，乐队指挥身边还坐着一位少年。那位少年穿得十分讲究，头发梳得光溜溜的，拿着一根很细的手杖。他总是抢着在克利斯朵夫跟前献殷勤，并用眼角的余光偷看他……

克利斯朵夫并不喜欢这种过分的殷勤，但被人奉承，心里总是舒服的。他忍不住问少年："你认识我吗？"

少年用钦佩的口吻回答："是的。"

克利斯朵夫很是得意，两人因此聊起来，一直聊到船停泊在港口。

少年叫奥多·狄哀纳，是一位富商的儿子。在克利斯朵夫的建议下，午餐前，他们到田野间转了转。不知不觉地，两个人走得远了，他们来到山冈的草地上，还耽误了午餐。后来，他们去饭店吃饭时，两人争先付账，谁都不肯落下风。

当然，最终还是强势的克利斯朵夫抢了先。可这一顿饭，足足花了他整整一个月的薪水。饭后，他们肩并肩走下山。

已近傍晚，松树在夕阳中摇曳，发出阵阵沙沙声。克利斯朵夫感到异样的甜美，很是快乐。他想说什么，可又很紧张。半天才磕磕绊绊地吐出一句话："你……能做我的朋友吗？"

奥多小声地说："当然可以。"

他们握紧彼此的手，深知对方的心意。临分手时，两人约好下周日再会。

临别前，克利斯朵夫将奥多送到家门口。独自回家时，他欢快地唱道："我有一个朋友了！"

之后的那一周，克利斯朵夫和奥多给彼此写了数封热情洋溢的信。

有一个周日，他们如约定的一样，再次见了面。他们彼此手挽手，齐声唱着奇怪的歌曲，还将对方的名字写在树干上。在回家的火车上，两人只要看到彼此的眼神，就哈哈大笑。他们都认为能和对方交朋友是一件值得骄傲的事，虽然他们的性格完全不同，但他们互相欣赏。

奥多在信里写道：我们的友情多美啊！多甜蜜，像梦一样。

克利斯朵夫是这么写的：三天了，收不到你的信，我心慌不已，你是把我忘了吗？

可是，这段友谊持续的时间并不长。

有一天，在十字街头，克利斯朵夫遇见了奥多。奥多与表兄法朗兹在一起，两人表现得相当亲密。克利斯朵夫非常生气，他理解奥多拥有其他的友情，但不能容忍奥多说谎骗自己。奥多也不喜欢克利斯朵夫霸道的粗鲁行径。

他们再不像刚相识时那么要好了，但彼此还是互相惦记。只要看到奇妙的东西，克利斯朵夫就会想：可惜奥多不在！他不知不觉地模仿奥多，奥多也学着克利斯朵夫的一举一动。他们表面好像不如最初那么要好，其实关系亲近了许多。

可是过了没多久，奥多进了大学，曾经如阳光般的友谊，转瞬间消散了。

3

时光流逝，克利斯朵夫渐渐地成熟，嘴唇上冒出了细细的绒毛，说话的声音也变粗了。

有一天吃饭时，爸爸谈起轰动街坊的大事：波恩市富有的克里赫先生在离家多年后去世了，克里赫夫人和女儿回到家乡了，她们的行李多得无法想象，栗子树下站满了看热闹的人。

克利斯朵夫听了很是好奇。

黄昏，他爬上自小爬惯了的瞭望台。瞭望台的另一端，正是克里赫夫人家的花园。

花园里的小径，与从前一样寂静。夕阳的余晖照在花园里，树木也是寂静的，仿佛在沉睡。克利斯朵夫呆呆地沉浸在自我的世界里，忘记了爬上瞭望台的目的。

不知过了多久，小径的尽头露出两个女人的面孔。一个是穿着黑色孝服的少妇，另一个是一位十五岁左右的小姑娘。

克利斯朵夫见到她们，有些呆住了，不知道怎么办才好，直到少妇走到他跟前，他才从墙头轻盈地跳下来。

少妇亲切地喊他："孩子，过来。"漂亮的少女发出一串

银铃般的笑声。

克利斯朵夫慌了一秒钟，随后拔腿就跑，不敢回头望，但心里却不断回忆着那两张可爱的脸蛋。

一个月之后，在高等音乐院的周末音乐会上，克利斯朵夫演奏了一曲有乐队伴奏的钢琴协奏曲。演奏到最后一段，他刚一抬头，就见对面的包厢里，恰巧坐着克里赫夫人和她的女儿。

当他弹完协奏曲走出剧院，远远地见克里赫夫人在过道等候他。他假装没有看到，急急忙忙地掉头走开。

隔了几天后的一个上午，克利斯朵夫接到一位仆人送来的信。原来是克里赫夫人写来的，她在信中郑重其事地邀请他前去家中品茶。

在妈妈的逼迫下，克利斯朵夫只好换上礼服，走进了克里赫夫人的家。

"你好，亲爱的邻居，见到你很高兴。"克里赫夫人说着客套话，又指指正在看书的女儿说："这是我的女儿弥娜，她也很想见你。"

就这样，克利斯朵夫与克里赫夫人和女儿相识了。原来克里赫夫人想请克利斯朵夫教她的女儿弥娜弹琴。

当晚，他应邀到克里赫夫人家中吃晚餐。克里赫夫人恰到好处的社交礼节，被克利斯朵夫当作是深厚的友谊。按照礼节，晚餐后应该告辞的。他却跟着她们走进了小客厅，滔滔不绝地讲述着以往的经历。若不是克里赫夫人婉转地打发他走，只怕他会说上一夜的。

按照约定，每周有两天的上午，克利斯朵夫要来教弥娜弹琴。夜晚，还会来一段即兴演奏，也和她们谈天。

克里赫夫人是个聪明人，心地又好。由于新寡，不得不离群索居，拿克利斯朵夫这个有才华的音乐家来填补空虚。夜晚坐在炉边，她手里做着针线活，听着克利斯朵夫弹琴，真是莫大的享受。

克里赫夫人喜欢克利斯朵夫的勇敢、坚强和正直。她觉得一个孩子能吃苦耐劳，是尤为可贵的品质。但是，克利斯朵夫的脾气古怪而暴躁，时常让人难以忍受。

克利斯朵夫哪里看得出克里赫夫人的想法。克里赫夫人为他编织羊毛围巾，还送他一些小礼物，实在是体贴之至，说话的样子极温柔。这样的女人，是他从来没有见到过的，从没有人对他这么的好。

克里赫夫人的女儿弥娜却总与克利斯朵夫作对。她练琴时经常迟到，弹错了也不肯承认。面对克利斯朵夫的批评，没有一次不回嘴的。克利斯朵夫知道弥娜不把自己放在眼里，他最怕弥娜生气时向克里赫夫人告状，惹恼了克里赫夫人可不好。

三月的一个早上，弥娜又弹错了一个音，偏偏嘴硬，说："乐谱就是这么写的。"她的一只手高傲地放在乐谱上，克利斯朵夫想要看清乐谱，弯下腰，一点点儿靠近，忽然看见眼前那只又白又嫩的小手，他差点儿吻了上去。

他们都紧张极了。弥娜的胸脯不停地起伏，克利斯朵夫觉得很窘，认为自己又粗鲁又愚蠢。下了课，连瞧都没敢瞧一眼弥娜，匆匆地离开。

可是下一次见面时，克利斯朵夫意外地发现弥娜变得又谦虚，又听话。再弹错时，她十分痛快地承认，并且马上改正。变化之大，实在令克利斯朵夫摸不着头脑。之后，弥娜常常用水汪汪的眼睛瞧克利斯朵夫，也总是对他微笑。她还经常换不同颜色的发带。克利斯朵夫发现自己爱上了弥娜，弥娜虽然瞧不起他，却也是爱着他的。

一个晴天，他俩跑到花园里，坐在一条潮湿的木凳上，弥娜轻轻靠在克利斯朵夫的怀里，两个少年少女沉浸在爱情的甜蜜中。

复活节快到了，克里赫夫人要带着弥娜去拜访亲友。临别前，弥娜送给克利斯朵夫一只香囊，香囊里装着她的一缕头发。她哭泣着问："你会永远爱我吗？"

"会的。"克利斯朵夫坚定地回答。

生平第一次，克利斯朵夫尝到了离别的痛苦。他觉得整个世界是空虚的，连呼吸都感到困难。终于等来弥娜的来信，他把信读了四遍，吻了又吻，幸福的暖流瞬间遍布全身。

克利斯朵夫写了一首单簧管弦乐五重奏来表达对弥娜的

思念之情。曲子写完之后，他才想起已经半个月没有收到弥娜的来信。他又写了一封充满热情的信。过了好几天，他才收到弥娜的回信。这封信还没写满一页纸，语气冷淡又生硬。弥娜说自己没有时间写信，让克利斯朵夫也不要再来信。

克利斯朵夫怪自己太冒失、太愚蠢，不该写信打扰弥娜。

从此，他的生活更加空虚，只剩下机械地演出、弹奏。

弥娜原本计划回来的日期又延后了一周后，克利斯朵夫才从挂毯工人的嘴里得知：两天前，弥娜已经回来了！他连忙兴奋地跑到克里赫家。一进门，就看到弥娜正在写信，看到他时，却很是冷漠。克利斯朵夫隐约感到弥娜在逃避着他。

两个月前的弥娜去哪里了？

整整一夜，克利斯朵夫翻来覆去的，没有睡好。一大早，就跑到克里赫家门前，正撞见克里赫夫人。克里赫夫人好像知道他的来意，微笑着说："你应该尊重她，尊重我，尊重你自己。"

"夫人……"克利斯朵夫结巴着说，"我全心全意地爱着她……"

"可怜的孩子，"克里赫夫人和气地说，"这是不可能的，这些只是你们小孩子的游戏。"

"不……"

"不必再说了。"克里赫夫人的口气不容置疑，"这不是钱的问题，比如，家庭地位……"

这句话刺中了要害。克利斯朵夫一下子明白了自己与眼前贵妇人的距离。

他忽然觉得万念俱灰。

夜里，克利斯朵夫静静坐在家里，一动不动地，陷在危险的思想中。忽然，一阵急促的敲门声响起。他猜是醉酒的爸爸又被人送回来了，刚想捂住耳朵，就听到一声令人心碎的惨叫，他忙跑出了屋子。

原来，醉醺醺的曼希沃掉进了磨坊水沟里，克利斯朵夫赶到时，发现他已经淹死了。

克利斯朵夫大喊一声，世界上所有的声音瞬间消失了……他坐在床上，看着死去的爸爸。仿佛听见爸爸苦苦地哀求："不要瞧不起我！"爸爸的身体已经僵硬，克利斯朵夫趴在床前大哭："爸爸，我没有瞧不起你，我爱你！原谅我吧！"

"宁可忍受世间所有的苦难，也不能就这样凄然死去！"克利斯朵夫努力逃避痛苦，差点儿没命。那时的他还不知道，人生本来就是一场无情的战斗！幸福与爱情都是昙花一现的骗局。

3

少 年

1

克利斯朵夫一家准备搬家了。

爸爸死后，克利斯朵夫才发现他欠下了不少债务，再加上两个弟弟先后离开了家，他和妈妈不得不搬离这里。

妈妈与克利斯朵夫都舍不得离开这幢房子。她靠回忆打发时间。丈夫死了，两个小儿子离开了家，剩下的这个孩子也不需要她。活着有什么意义呢？抽屉打开了懒得收拾，袜子也织不完，做事慢吞吞，妈妈每天都懒洋洋的。

克利斯朵夫见惯了妈妈的坚强。从这天起，他深切地感到妈妈也老了。照顾妈妈的重任，是责无旁贷的。

搬家的日子终于到来。倾盆大雨中，他们将破旧的家具搬进了潮湿的新居。房东叫于莱，是个老头儿，他很是热情，邀请他们和全家人一起吃晚饭，于莱的妻子伏尔奇太太也很热情。

晚饭时，于莱一家人不停针对各种问题展开辩论，畅所欲言，没有一个人的意见是与他人相同的。直到说起人生的苦难，这一点倒是出奇的一致。他们得出的结论是，人生是悲剧的，是空虚的。这个想法与克利斯朵夫的想法完全一致。

于莱说自己喜欢音乐，要克利斯朵夫弹琴。可音乐刚一开始，他就和女儿大声说话。克利斯朵夫懊恼之下，没等弹完就站起身离开了。

于莱的女婿崇拜古典音乐，谈到新兴音乐家时，一副挖苦的口吻。女儿阿玛利亚活着的意义就是不停地做家务，属于她的荣誉就是光亮的家具，打上油蜡的光滑地板。克利斯朵夫实在忍受不了她的叫嚷声，每当全家乱成一团时，他就去找于莱的儿子莱沃那。这孩子说话得体，永远安静。

晚饭后，克利斯朵夫与莱沃那出去散步。在路上交谈时，他表示十分羡慕莱沃那，因为莱沃那准备做传教士。

"完全放弃现在的人生，你不觉得可惜吗？"克利斯朵夫问莱沃那。

"人生不就是丑恶又悲惨的吗？有什么可惜的。"

"可也有美妙的地方。"说着，克利斯朵夫望着暮色说。

"欢娱只是刹那间的。"

"你认为死后一切都是无穷无尽的吗？"

"当然。"

克利斯朵夫想，如果莱沃那能说服他信仰上帝，他就把世界通通抛开！带着全部的热情去追随上帝！

莱沃那拼命搬出所学的知识，关于上帝存在与灵魂不死的问题，乱七八糟地倒出来。克利斯朵夫听着很是吃力，他要莱沃那多重复几遍，竭力领悟其中的意义，结果还是徒劳。

莱沃那见无法说服克利斯朵夫，只能劝他多祈祷，求上帝的恩宠。还说，如果要信仰，就必须发自内心的虔诚。

只要心里有上帝存在，上帝就存在吗？那么否认死，死就不存在了吗？克利斯朵夫越来越愤慨，觉得莱沃那是伪君子，一切有信仰的人都是假仁假义的。

失去信仰与得到信仰都是一瞬间发生的。克利斯朵夫不明白是什么原因，突然之间一切崩溃了，他不再有信仰。

信仰的破灭，实际上是从内心开始的。他感觉有个无垠的世界，灼热而野蛮的世界，超越了上帝的世界——笼罩了他！

于莱家的另一个女儿洛莎是克利斯朵夫唯一没有注意的人。她长得一点儿也不好看，也不虚荣，不会卖弄风情。

其实搬家那天，为了多看见克利斯朵夫几次，洛莎跑来跑去，忙个不停。克利斯朵夫整整忍耐了两天。第三天，他将门上了锁。洛莎再来敲门，克利斯朵夫就推说工作忙。

洛莎长得不漂亮，又有什么办法呢？她要的也不多，只是很少的友谊，哪怕见面道声好，也能给她极大的快乐。但克利斯朵夫的目光总是冷冰冰的，那么无情！

有一回，她去天台晾衣服，无意中撞到克利斯朵夫的肩头，正好经过的爸爸与外祖父对视一下说："有可能是一对哦。"

洛莎听到此言，不觉心跳加快，因此慌了神，脚下一歪，若不是克利斯朵夫及时将她扶住，她早就摔倒在地。她的脚崴得很痛，走一步痛一步。

第二天，克利斯朵夫觉得洛莎受伤，也有自己的责任，于是来找洛莎询问伤情。洛莎快活极了，受伤的脚也不觉得疼了。

为了接近克利斯朵夫，洛莎想尽了办法。帮鲁意莎买东西，到院子里打水，甚至帮着干家务。看到妈妈变得开朗，克利斯朵夫知道是洛莎的功劳，说了一堆感激的话。但他仍然一点儿也不喜欢她。

2

新家的一楼住着一位二十岁的新寡女人萨皮纳·弗洛哀列克太太和她的女儿，她也是于莱家的房客，占有临街的铺面。萨皮纳很是懒惰，将店铺交给雇来的女孩子打点，她自己常坐在镜子前发呆。她不修边幅，长得也不算好看，但自有青春的风韵，总有路过的青年多瞅她几眼，克利斯朵夫就经常站在窗外偷看她。

因天气过于炎热，晚饭之后，伏奇尔太太和鲁意莎等人会到街边坐坐，克利斯朵夫偶尔也会去。就在这时，萨皮纳抱着女儿静静地坐在一边。慢慢地，她与克利斯朵夫暗地眉目传情。当乘凉的人们渐渐散去，只留下萨皮纳和克利斯朵夫，他们的心在颤抖，在无边的黑暗之中，捕捉着对方的表情。

他们的感情发展很快，再也瞒不住旁人。

伏奇尔太太气急败坏地痛骂了萨皮纳一通。克利斯朵夫得知后，气得与伏奇尔太太大吵了一架。可怜的洛莎，面对这件事不知如何是好。她并不反感萨皮纳，却不敢违背妈妈的心意，只有眼巴巴地瞅着萨皮纳与克利斯朵夫去乡下玩。

作为教母，萨皮纳要为哥哥的儿子洗礼，她邀请了克利斯朵夫一起去乡下游玩。

热闹的酒席过后，客人们去河里坐船游玩。回来时，他们遭遇到一场大雨。萨皮纳被雨水浇得浑身湿透，冻得嘴唇发白，身体僵硬。他们没法回城里了，只好留下来过夜。

两个人住的卧房，只隔着一道薄薄的墙壁。

彼此贴在门边，几乎能听到对方的呼吸。克利斯朵夫犹豫半晌，很想推开房门，却又胆小地缩回了手。几番犹豫之下，他最终鼓足了勇气，轻轻推着房门。在此之前，萨皮纳看出了克利斯朵夫的胆小怯弱已将门锁拴紧，表示再也不想理睬克利斯朵夫。

每当回忆起乡下农场不平静的一夜，克利斯朵夫只觉得非常丢人。为了回避内心情感的骚动，克利斯朵夫接受了朋友的邀请，外出开音乐会。前后要离开三个星期。他投入地准备着音乐会，暂时忘却了爱情带来的烦恼。他没有给萨皮纳写信，源于对爱情的自信。他相信萨皮纳仍然是爱着自己的，无须担心被遗忘。

思念之情夹杂着微酸的甜蜜，音乐会结束后，在回来的路上，克利斯朵夫的心都飞到萨皮纳身边了，恨不能一步飞奔到她的面前，亲口对她说我爱你。

世事弄人，克利斯朵夫等来的是料想不到的痛苦。萨皮纳住的房间，窗是关着的，没有任何动静。他正感到奇怪，洛莎走了过来，眼中蕴含着痛苦的泪水。

"你知道萨皮纳去哪里了吗？"克利斯朵夫急切地询问，没有发现洛莎眼中晶莹的泪珠。

"她生了病，你走了没几天，她就死了。"

天哪！简直是晴天霹雳。克利斯朵夫顿时感到两眼发黑，痛苦如无边无际的黑暗，朝着他涌来。好半天，他才抱着洛莎放声哭泣。

洛莎清楚地知道，克利斯朵夫不会爱她，永远都不会。善良的她，从萨皮纳的哥哥那里要来一只小镜子。这只小镜子是萨皮纳常拿在手里的，没事就拿出来照照。洛莎将这面镜子，给了克利斯朵夫留作纪念。

克利斯朵夫细心地收好小镜子。他以为痛苦永远不会过去，心中会永远铭记萨皮纳。但是不久，他竟然悲哀地发现，那副动人的面容逐渐模糊，再也看不清楚。

他到处寻找萨皮纳的影子，将心中的音乐写下来献给她。在克利斯朵夫心灵的深处，始终有一个僻静的角落，是永远属于萨皮纳的。

3

在秋日里出去游玩时，走向青年的克利斯朵夫，认识了凯撒大街时装店的店员阿达。

他们初识时关系很好，可是没过多久，阿达就对克利斯朵夫保持了适当的距离，并指责他是个粗人。

对于他们的关系，克利斯朵夫本不想张扬。可是四邻五舍很快就知道了。公爵家的人埋怨他不够检点，一些家庭纷纷疏远他，不再请他做教师。他完全不在乎！只有洛莎的态度令他颇觉愧疚。虽然他并不爱她，但是实在不愿意伤害那颗天真善良的心！

吃晚饭时，鲁意莎刚吃了几口，就默默地放下饭碗。

敏感的克利斯朵夫立刻猜出来，一定是伏奇尔太太说了什么。长久以来积压的怒火，令他不由自主地冲到伏奇尔太太家，和她大吵了一架。在克利斯朵夫的心里，别人伤害了他，他也要伤害别人。他没有想到，他和伤害他的人是一样残忍的。

度过了最初的甜蜜期，克利斯朵夫开始和阿达吵架。过后他希望重归于好，阿达却爱理不理。他孤傲的性情，令阿达伤心。

因为和伏奇尔太太的关系搞得很僵，鲁意莎母子俩不得不另寻住处。就在穷困潦倒，无处可去时，最小的弟弟恩斯德生病回家来了。

克利斯朵夫很疼爱这个弟弟，他将房间腾出来，让给弟弟住。又给他添置衣物，请大夫治病。在妈妈与长兄无微不至的关怀下，恩斯德的病很快痊愈了。

兄弟俩在莱茵河畔散步时，克利斯朵夫兴奋地告诉弟弟：他在谈恋爱，女孩子叫阿达。他含着泪水既悲伤又感动地说，如果没有阿达，他简直不知怎么活下去。

同时，在阿达面前，克利斯朵夫也谈起最爱的小弟恩斯德，称赞恩斯德是兄弟中最聪明的，又很是英俊。

那段时间，恩斯德与阿达是克利斯朵夫生命中最爱的两个人，他出去玩的时候一定要带着恩斯德。

在给恩斯德和阿达作介绍时，克利斯朵夫惊奇地发现，原来阿达最好的朋友米拉与恩斯德是恋人关系。他们三人明显知晓彼此是谁，却从没向克利斯朵夫提过一句。

这不是串通一气吗？克利斯朵夫觉得非常不舒服。

他们四人去树林里玩。克利斯朵夫与恩斯德打赌，看谁走的路更近。阿达说要跟随恩斯德走，米拉则陪着克利斯朵夫走。

走到了约好的地点，半天不见恩斯德与阿达，不知他们躲到哪里玩去了。米拉懒洋洋的，一点儿也不想去找他们。克利斯朵夫看出其中的端倪，质问米拉："你什么都知道，你们是商量好的吗？"

"是的。"米拉并不否认。克利斯朵夫心痛不已，他用双手压住胸膛，身体猛烈地发抖，他觉得所有人都背叛了他。

克利斯朵夫心里刮起了狂风暴雨，他跑到树林里，任由自己的悲伤泛滥。其实很久以来，这阵狂风暴雨就在酝酿了。但是米拉的话让一切都爆发了，他与阿达的爱情结束了。

阿达等了两天，克利斯朵夫没有去找她。她开始着急，给克利斯朵夫写信，克利斯朵夫没有任何回复。她永远地失去了克利斯朵夫。

克利斯朵夫对阿达的恨，简直无法形容。他将她从自己的生活中一笔勾销，不复存在。

可是从前那个纯洁、坚强、平静的克利斯朵夫再也找不回来了。人是不可能回到过去的，只能继续前行。唯一可以帮助克利斯朵夫摆脱苦难的，可能只有洛莎的友情了。

之前，两家人已经完全闹翻了，再没有来往。有一回，克利斯朵夫看到洛莎做完弥撒出来，他犹豫不决地走了过去，洛莎只冷淡地打了个招呼，转身走开了。

在克利斯朵夫最孤独苦闷的时候，他又与从前认识的几个低俗的朋友有了来往。他们的举止谈吐令克利斯朵夫作呕。但他不敢离开他们，不敢独自面对孤独，更不敢正视自己的悔恨。他知道自己堕落了，眼前的悲伤将他压垮了。

"我会变成什么样子？永远这样吗？我将一事无成吗？"

也就是在这个时候，爸爸曼希沃酗酒的本性在克利斯朵夫身上显现。

一天夜晚，醉醺醺的克利斯朵夫从小酒馆出来，刚走到城门口，就瞧见舅舅那瘦小的背影。克利斯朵夫很高兴，喊着"舅舅"，飞奔到舅舅跟前。

舅舅瞧了他好久，才说："你好，曼希沃。"

克利斯朵夫以为舅舅记错了人，哈哈大笑，心里想，舅舅老了，记性不好。可舅舅一次又一次地称呼他"曼希沃"，克利斯朵夫问："我是克利斯朵夫，不是曼希沃，难道你不认识我了？"

"你就是曼希沃，我当然认得。"

克利斯朵夫愣住了。那天夜里，他想起爸爸去世的那个夜晚，现在的自己与他多么像啊。他觉得自己违背了誓言，他这一年来的作为对不起上帝，对不起艺术，更对不起自己的灵魂。他成了自己不想成为的那种人。

第二天清晨，他听到舅舅要离开的声音，忙走下楼。舅舅亲切地问他："你愿不愿意陪我走一段？"

"愿意。"克利斯朵夫轻轻地点点头。

　　两人默不作声地走在冷清的街头。路过公墓时，舅舅建议进去看看。克利斯朵夫已经有一年多没有来过公墓了。此时，他看到舅舅跪在墓前祈祷，不禁哭了："舅舅，我好难过。怎么办？我违背了誓言，浪费了生命！"

　　舅舅祈祷完，带克利斯朵夫爬上了山冈，对他说："你的路才刚开始，孩子。我们不要放弃理想，不要放弃生活。其他的就由不得我们了。"

　　"可是我违背了誓言。"克利斯朵夫低声说。

　　"从现在开始，你就当你重生了。要珍惜重生的每一天。"舅舅指着天边的一轮红日说，"要爱每一天，尊重每一天。要爱像今天这样灰暗苦闷的日子。现在是冬天，一切都在安眠。但大地会醒来的。要成为大地的一部分，要像大地一样有耐性。要虔诚，要等待，尽自己所能就好。"

　　舅舅与克利斯朵夫告别后，拖着疲乏的步子，慢慢离开了。克利斯朵夫望着舅舅的背影，念叨着舅舅说的话："尽自己所能就好。"他回头向城里走去。雪凝成了冰，风吹红了他的脸。

　　寒气凛冽，冻硬的土地似乎在苦中作乐。克利斯朵夫的心也像土地一样，他想：我也要解冻了。他眼里含着泪水，他抬起手轻轻擦掉泪水，望着沉醉在雾气中的太阳，寒风吹起了雪花，雪花飘到云上。他对云嗤之以鼻："吹吧！爱怎么吹就怎么吹，把我吹走吧！我知道自己要去哪里！"

4

反 抗

1

克利斯朵夫觉得自己自由了！

一年以来束缚他的情网，不知何时完全裂开了。这是生命在转变的过程，克利斯朵夫大口呼吸着。送走舅舅之后，他回到家里。刚进门，他就看到妈妈在走廊里扫地，他一把将妈妈抱起，快乐地转了个圈。

鲁意莎挣扎了一下，见儿子身上的雪花已经融化，衣服上一片潮湿，爱怜地说："小傻瓜！"

克利斯朵夫跑上楼换了衣服，当他站在镜子前时，看到镜子里的自己是模糊的。天仍未亮，他的心闪耀着喜悦的光辉。他终于找到了自己，他感觉自己正幸福地躺在莱茵河上的小船里，身体沐浴在阳光中，他随意地将网撒下，漫不经心地收起网，钓上来形形色色的梦，一个比一个荒诞，也一个比一个美好。

久违的音乐也回到了克利斯朵夫的身体里，奇妙的灵感无处不在。他觉得自己每看一眼世界，每说一句话，他的心都会收获一些美梦，他的思想就像一片无边无际的灿烂星空。

"它回来了还会走吗？"克利斯朵夫心悸地想，"这股力量就是我，如果它不再存在，我也就死了。"

意识到了新的力量，克利斯朵夫第一次正眼观察周围的一切。可是他也有了新的判断：任何民族，任何艺术，都有虚假的一面。

人的精神是脆弱的，没有百分之百的真理。每个人从生到死都是戴着假面具呼吸的，只有极少数的天才经过英勇地搏斗，才能撕下自己的假面具。在自由理想的世界里，他们总是孤军作战。

告别了苦闷的生活，克利斯朵夫偶尔会去市立音乐厅听音乐会。

音乐会的节目包括《哀格蒙特序曲》，瓦尔德特菲尔的《圆舞曲》，尼古拉的《风流妇人》、《阿塔利亚进行曲》，等等。

克利斯朵夫听着，越来越诧异。这些听众，这些音乐，这些乐队，都是他熟悉的，可今天他觉得一切都是虚伪的。

连最心爱的《哀格蒙特序曲》也是。那种虚张声势的骚动，一板一眼的激昂，都显得不够真诚。

究竟是怎么回事？克利斯朵夫不敢分析，他觉得质疑自己曾经崇拜的大师，是对大师的亵渎。他不想去看，但是无论怎么回避，都已经看到了，还要不由自主地从指缝偷看。

待到合唱队庄严地唱起《自白》时，克利斯朵夫再也抑制不住，竟自顾自地大笑。他的笑声引来观众愤怒的嘘声，大家恼怒地喊："滚出去！"他耸耸肩膀，站起身离开。

从此，克利斯朵夫与全城的人都处于敌对状态。

回到家里时，克利斯朵夫决定将自己一向尊重的音乐家的作品浏览一遍。结果却发现，即使是他最为敬重的音乐家，也有说谎的时候。经得起时光磨砺的作品实在太少了！

他不敢惊动心目中最好最纯粹的几位作曲家，唯恐自己对他们的信心产生动摇。但一颗追求真理的心，是有一种要追根到底的本能的，他抗拒不了。于是，他还是打开了那些神圣的作品，不料才看几眼，就发现他们不再是他想象中的那般纯洁。他合上了乐谱，仿佛诺亚的儿子用外衣遮住爸爸裸露的身体。

克利斯朵夫感到悲哀极了，幸好对艺术的信仰没有因此动摇。紧接着，他拿出年轻气盛的霸道与残忍，修正对艺术家的意见。

在他看来，门德尔松过分忧郁，韦伯是用头脑制造出来的感情，李斯特是个贵族的教士，至于舒伯特，被多愁善感的情绪所淹没，甚至于巴赫，也摆脱不了谎言，音乐里充满废话与唠叨。克利斯朵夫觉得这位天才歌唱教师是关在屋子里写作的，作品是闭塞的，缺少自由灵动的气息。

此时的克利斯朵夫，正是反抗幼年时代一切偶像的时期。这种反抗也是应当的，人生应该有一个时期会把别人敬重的真理统统抛弃。然而，他发现他指责别人的那些缺点，在自己的作品中也不能避免，并且把所有的浮夸与谎言都表现出来。凭着青年人目空一切的气概，他认为自己一切需要从头做起。

克利斯朵夫就处于这样得意忘形的状态中，优越感十足。

可是在波恩这座小城，无论什么消息都会传播得很快，克利斯朵夫说的话，很快就被人们争相讨论。宽容的人说他"标新立异"，大多数的人却说他"完全疯了"。

好在这个时期，克利斯朵夫新的音乐作品终于创作完成了，他满脑子装满了自己的音乐，他也准备好了接受一些刻薄的批评，只要作品是有力量的就好。

新作品演出开始时，音乐厅三分之一的座位是空的。克利斯朵夫硬着头皮演奏，音乐厅里寂静无声。大家仿佛睡着了，他的音乐掉进了无底的深渊。《序曲》刚刚演奏完，听众们有礼貌地鼓着掌，但很快就安静下来。克利斯朵夫宁愿被批评一番，至少有些生命力的反响。

可是，完全没有。他气得直哆嗦，恨不得大声喊："讨厌的你们，一起滚吧！"他好像被打倒了。作品不够成熟，风格太新，不容易被理解，也不够冷静。他不知道优秀的艺术家，都要经历被人误解的时期。可是他却天真地相信听众，希望得到听众的理解。

自从音乐会后，没有一个人为克利斯朵夫说好话，所有人都在说他的作品不如从前。

不少事实说明，真正的艺术品，要积满岁月的灰尘才能被欣赏。

剧院里经常聚集着演出的乐队，音乐家们围坐在一起讨论同行们。克利斯朵夫关于艺术的言论把大家吓坏了，他们表示非常反感。在这些人当中，有个名叫弗朗兹·曼海姆的青年，始终在一旁冷眼旁观。

在热烈的讨论即将结束时，他到克利斯朵夫面前，作了自我介绍，并且说："你有空吗？你是否愿意把对音乐家的感想写出来？"

"当然愿意。但是写完送到哪里呢？"

"我有几个朋友，办了一本杂志，名为《酒神》。我们都很佩服你，你若愿意，可以加入我们，在杂志上发表你的言论。"

克利斯朵夫听了之后，非常感兴趣，并答应下来。他只提出一个条件："我想表达什么，就会写什么。"

曼海姆答道："绝对自由！我们每个人都是自由的。"

当天晚上，曼海姆就将克利斯朵夫介绍给他的朋友们，他们都对克利斯朵夫很亲切，不过克利斯朵夫只和曼海姆还算聊得来。

有一天晚上，曼海姆将克利斯朵夫带到家里吃晚餐。这是一个以色列家庭，克利斯朵夫见到了曼海姆的爸爸——一位银行家，还有曼海姆的妹妹于第斯。

一进门，克利斯朵夫就看见了于第斯，这个姑娘身上有着强烈的民族色彩。在她的眼睛里，克利斯朵夫看到了以色列民族的灵魂。于第斯朝他微笑的瞬间，他就被迷住了。于第斯也被克利斯朵夫独特的个性吸引了。

精明的银行家看出女儿的心思，克利斯朵夫走后，他问于第斯："这个艺术家怎么样？"

"他有点儿轻率，但并不傻。"于第斯说。

"我看也是。那么，他是会成功的？"

"我想是的，他是个强者。"

"那就好。"银行家慷慨大方地说，"那就该帮助他。"

克利斯朵夫对于第斯很有好感，但并没有爱上她。不久之后，于第斯感觉到了这一点，因而十分恼火，她以为克利斯朵夫已经爱上了自己。她不肯认输，想要征服他。但很快她发现根本做不到，他与她完全是不同类型的人。两个人之间最初的火花很快就熄灭了。

之后，曼海姆好几次邀请克利斯朵夫到家里吃饭，他都礼貌地拒绝了。从此之后，他与曼海姆的联系，仅仅是一本杂志。曼海姆到处宣传，说克利斯朵夫是个了不起的音乐评论家。

克利斯朵夫的第一篇评论文章《音乐太多了》在《酒神》上发表，引起了巨大的轰动。克利斯朵夫极尽才能挖苦艺术家，还讽刺了观众们。他的攻击越来越犀利，就连曼海姆都说："这个疯子该被锁起来了……"

2

当克利斯朵夫热情地对德国艺术进行批判的时候，城里来了个法国戏剧班子。

一些人到处吹嘘这个戏剧班子在德国是法国的代表，而克利斯朵夫瞧不起法国人和他们的文学，加上那个戏剧班子的演出票价非常昂贵，克利斯朵夫便声称绝不会去听他们的戏。

偏偏预告表演的第二出戏是《哈姆雷特》。

在克利斯朵夫心目中，莎士比亚与贝多芬均是取之不尽的灵感源泉。他在剧院门口转来转去，犹豫是否要去订张票。就在此时，他恰巧碰到曼海姆。曼海姆为了捉弄爸爸，一定要将原本送给爸爸朋友的戏票送给克利斯朵夫。

克利斯朵夫接过四张联票，心里想着太浪费了。在剧院门前，他无意瞧见一位姑娘羡慕地看着进去的人。他脱口而出："我有个包厢，能不能请你一起去？"姑娘先是红着脸推却，最后被他的真诚打动，一起走进了包厢。

曼海姆家的包厢在很显眼的位置。他们一进去，立即吸引了众人的注意。克利斯朵夫毫不在意，认真看戏，不停地发表着评论。

饰演哈姆雷特的居然是戏班子的老板——一位过气的六旬女演员反串的，还有一位不知名的年轻女演员，操着一口轻快的南方口音，就像茴香草与野薄荷的香味在空中缭绕，深深地吸引了克利斯朵夫。

中场休息时，克利斯朵夫与被他带进包厢中的那位姑娘闲谈。

"你是教师？"

"是的。"

"你是外国人吗？"他注意到姑娘的口音。

"是的，我是法国人。"

"想不到法国人竟这样严肃！"克利斯朵夫望着姑娘小小的脸，心里想的却是刚才舞台上美丽的女演员。

在之后的几幕中，这位女演员的表演更是完全抓住了克利斯朵夫的心——他感觉自己快要放声大哭了，恨自己的软弱。在他看来，真正的艺术家不应该哭的。他心慌意乱地走出包厢，直到回到家里，把包厢里的姑娘完全忘记了。

第二天一早，克利斯朵夫去拜访了女演员。女演员叫高丽纳，她接待了克利斯朵夫，他们无拘无束地交谈，一个小时很快过去了。两人觉得很投缘，又相约吃过午饭后再见面。

在旅馆的小客厅里，克利斯朵夫随兴地为高丽纳弹奏了一支钢琴曲，想不到高丽纳极有音乐天赋，就连克利斯朵夫新写的最难懂的曲子她也听得入迷，并站起身来背出了曲谱，这实在令克利斯朵夫惊讶不已。

"你真是个音乐家！"克利斯朵夫握着高丽纳的手兴奋地说。她笑了，说自己最开始是唱歌的，后来遇到一个剧院经理，劝她改了行。

"多可惜！"

"为什么呢？歌剧也是一种音乐啊。"

高丽纳天生能把握一切戏剧情绪，克利斯朵夫将自己最平庸却最受追捧的一支曲子弹奏给她听，她听后感觉太平淡了。

那一天他们聊得非常开心，因为晚上高丽纳要排戏，他们只好相约第二天再见。

第二天见面时，克利斯朵夫和高丽纳一起参观大教堂，一起吃晚餐，他为她弹钢琴。克利斯朵夫感觉到了久违的温柔。高丽纳告诉克利斯朵夫自己后天会去法兰克福参加剧团的公演，克利斯朵夫表示一定会去看。

那天告别的时候，高丽纳送给克利斯朵夫一张自己的照片。之后，两个人像兄妹一般拥抱，开开心心地告别了。

第三天，克利斯朵夫乘坐两三个小时的火车来到了法兰克福。当他出现在高丽纳面前，她又惊又喜，开心地扑进他的怀里。

克利斯朵夫看完高丽纳的演出后就与她告别了。

这次分别后，克利斯朵夫偶尔能收到高丽纳草草写来的短信，口吻亲热又古怪。

克利斯朵夫也没有忘记高丽纳，写了一本诗歌体的音乐话剧，其中有几段是为高丽纳量身定做的。这种作品需要诗人、艺术家和演员三者完美结合。克利斯朵夫是做不到的，他冒冒失失地写出音乐，又由杂志社的朋友介绍了一位颓废派诗人负责写剧本。排练时，克利斯朵夫才发觉那剧本简直荒谬，大为丧气，完全失去了信心。

更生气的事还在后面。曼海姆将克利斯朵夫大段的批评文字删去，换上恭维的话登上杂志。有一次，克利斯朵夫在一个音乐沙龙上碰到自己大骂过的钢琴家，钢琴家不断地对他表示感谢，克利斯朵夫起了疑心，买了最新一期的杂志，翻到自己文章那一页仔细阅读，才发现自己写的评论被改得面目全非。

克利斯朵夫找到曼海姆，曼海姆跟朋友在一起，正和一位相熟的女演员聊天。克利斯朵夫对他破口大骂，直到骂够了才离开。从此以后，他们之间断绝了联系。

克利斯朵夫开始把更多心思花在音乐上。两天后，他创作的《伊芙琴尼亚》进行公演。可是公演的反馈并不好，只演了三场，就被迫叫停了。为了对付恶意批评他的人，他写了一篇文章将对手痛骂一通。可文章写好后，却没处发表，克利斯朵夫想起从前社会党曾想要拉拢他，便将文章寄给了这家报纸。大公爵一直不喜欢社会党，得知克利斯朵夫竟然和社会党的人搅在一起，便将他臭骂了一通后扫地出门了。

没有了大公爵做靠山，全城的人都和克利斯朵夫作对，他曾经得罪了太多人，现在人人都想踩上一脚。如此艰难的时候，当地有个叫于弗拉脱的音乐团体的指挥表示愿意演奏他的作品，他便送了一阕交响曲去。

试奏那天，克利斯朵夫被一位朋友拉去听演奏。剧院坐满了人，于弗拉脱却将作品指挥得不知所云。克利斯朵夫愤怒极了，气势汹汹地跑到后台，要跟指挥理论。幸好后台的门关着，不然不知又会闹出什么轰动的事来。

从剧院出来，克利斯朵夫号啕大哭："我究竟是哪里得罪了他们？"他哭了一会儿，抬头见街边有一条小溪，清澈的小溪静静地流淌，小鸟在树枝上欢快地唱歌。克利斯朵夫擦干眼泪，默默靠在树干上，望着眼前的一切，感受着大自然的勃勃生机，心中暗想：为什么大自然如此美丽，人类却是那么丑恶？

不管怎么样，他是热爱大自然，热爱生命的！就是受苦，也无妨！受苦，也是生活的一部分！

这个时期，克利斯朵夫才思泉涌，写出了许多的作品。作品多了，他便要想着留存。靠着以往的一点儿积蓄，他选了一批最有个性最受重视的作品，结集了一本乐谱，名为《一日》。乐谱出版后，没有一点儿销路。半年里，连一本都没有卖出去，全部藏在库房中。没有了收入、也没有了积蓄的克利斯朵夫必须出去工作。

克利斯朵夫四处找工作，有一所学校聘用了他，但是薪资少得可怜。克利斯朵夫带着怨愤接受了这份工作，却时常在上钢琴课时大发雷霆，如果学生弹得不好，他会将学生从琴凳上拉下来，自己弹半天，或者冷不丁地用拳头敲书桌，学生们吓得跳脚。

总有学生向校长打小报告，这让克利斯朵夫常常受到批评。同事们也不是很喜欢他，因为他总是直言不讳。那样的生活，他过得实在憋屈。

有一次，学校举行了一场活动，在活动中，克利斯朵夫遇到了富商莱哈脱家的莱哈脱太太，两人相谈甚欢。莱哈脱夫妇邀请克利斯朵夫去他们家玩，他们夫妇刚到这座小城，觉得很孤独，却与克利斯朵夫很投缘。

当晚，莱哈脱太太遗憾地说："可惜我的法国女朋友走了。"

"谁呀？"克利斯朵夫听闻，问道，"是那个年轻的女教师吗？"克利斯朵夫也认识这么一位女教师。

"你认得她？"

原来是一位共同的朋友，他们更觉投缘。那天之后，克利斯朵夫常去他们家吃饭，吃完饭一起散步。他们的关系十分融洽。克利斯朵夫过生日那天，莱哈脱太太特意做了一个蛋糕，为克利斯朵夫庆祝生日！

莱哈脱夫妇还买了克利斯朵夫的二十本乐谱，分别送给各地教育界的熟人。而所有寄出去的乐谱，只有一个人写信过来。信里的语气热情激荡，署名是大学教授兼音乐导师彼得·苏兹博士，克利斯朵夫开心地读着苏兹博士的来信。

莱哈脱夫妇其实根本不懂音乐，在他们眼里，克利斯朵夫的可爱与音乐家的身份毫无关系。因为他忠厚，诚恳，有朝气，所以他们视他为不懂世故的大孩子。

对于克利斯朵夫来说，他们永远不可能了解自己深刻的一面，这一点令他有些怅惘。但现在的他极需要友谊，如同落水的人紧紧抓住一切浮物。他希望有个心心相印完全了解他的朋友，虽然他还年轻，也知道这种心愿是极难实现的。人生应该有对幸福最基本的要求和希冀，但谁都没权利奢望。因此，他非常珍惜与莱哈脱夫妇之间的友谊。可现实如此无情，他们真挚的友情，还是受到了可怕的挑战。

一天，克利斯朵夫收到一封匿名信，信中说他是莱哈脱太太的情夫。他看完愣住了，欺侮朋友的妻子是罪大恶极的行为，是谁如此污蔑自己。莱哈脱夫妇也分别收到了同样的匿名信，他们不敢告诉任何人，战战兢兢的，生怕令人误会。

想不到匿名信不断地寄来，措辞越来越难听。莱哈脱太太实在忍受不了，告诉了丈夫，才知道他也收到了同样的信，并知道克利斯朵夫也收到了。

他们的友谊还是受到了影响，莱哈脱不由自主地猜疑妻子和克利斯朵夫的关系，莱哈脱太太也暗暗以为克利斯朵夫真的爱着她。夫妇俩想出各种借口回避克利斯朵夫："太太不舒服""莱哈脱不在家""他们去外地了"……

这些笨拙的谎言，马上被克利斯朵夫看出来。

终于有一天，他痛快地说："咱们分手吧！"

莱哈脱夫妇都痛苦地哭了，同时也有一种如释重负的感觉。他们都是善良的人，实在难以承受如此压力。

这一次，克利斯朵夫彻底独自面对孤独了。

3

一个夏天的晚上，鲁意莎收到一封来自遥远山村的信。信中说，他的哥哥死了，葬在那边的公墓。

这个有骨气的男人，无数次给予克利斯朵夫精神上的力量，现在他也去世了。克利斯朵夫孤零零地守在爱他而不懂他的妈妈身旁，内心非常压抑。他总想跳出现实，结果却总向下沉。正在挣扎之中，他想起了童年的偶像哈斯莱。

哈斯莱是一位与众不同的艺术家，一定了解受到庸俗的德国人排挤的痛苦。想到这一点，克利斯朵夫当晚就搭火车出发，前往柏林。

当他敲响哈斯莱的家门时，已经是上午十一点钟。

哈斯莱还没有起床，不肯见客。克利斯朵夫等了好半天，他才慵懒地走出卧室。克利斯朵夫几乎认不出他来。眼前的哈斯莱，并不是记忆中的样子。克利斯朵夫对他说出自己的名字的时候，他那双惺忪的睡眼都没有睁开。

哈斯莱疲倦地打着哈欠，说："对不起……没睡好……昨晚在剧院……吃了夜宵……"他边吃着早餐，边漫不经心地听着克利斯朵夫诉说苦闷，却没有给出任何回应。克利斯朵夫很失望，临走前，又不甘心地嘟囔着要弹几曲给哈斯莱听。

"你答应过要听我的作品，我特意来柏林找你，你一定要听。"克利斯朵夫快要哭了，哈斯莱从来没有遇见过这样的青年，只好无可奈何地，指了指钢琴："来吧。"

克利斯朵夫弹奏了一段，哈斯莱的反应越来越强烈，他像是刚刚苏醒过来，不住地喊："好！妙极了……"

克利斯朵夫见哈斯莱喜欢自己的音乐，十分兴奋，天真地说着自己的计划和生活。听着这些，哈斯莱想起自己早年吃过的苦头，还有克利斯朵夫未来即将承受的悲苦，不禁暗暗苦笑。他狠命地抨击克利斯朵夫对人生和对艺术的信念，甚至不惜挖苦他："都是什么狗屁不通的东西，你以为世界上真的会有热爱音乐的人吗？一个也没有！"

"有我啊！"克利斯朵夫兴奋地嚷着。

哈斯莱瞧了他一眼，滑稽地行了一个礼，回答："不胜荣幸！"之后，不管克利斯朵夫说什么，他始终沉着脸不搭腔。直到被冷落的克利斯朵夫不得不识趣地离开。

克利斯朵夫带着失望的心情愤恨地离开了柏林，连一夜都没有在那里停留。他不知道，离开后没多久，哈斯莱就差人送了一张歌剧院的门票，并约他完场后见面相谈。克利斯朵夫完全不知道这件事，自然无法赴约。

从此，他们再没有见面。

克利斯朵夫准备去找之前给自己写信的苏兹博士。

苏兹博士已经七十五岁了。他没有子女，太太早就去世了，身体十分虚弱，身边只有一个老女仆在照料他。一年前，他辞去大学教授的职务，在家中养病。书商常送来各种书籍。有一回，在刚送来的一堆乐谱中间，老人随手拿起一本打开，就是克利斯朵夫的曲谱集。

起来吧，起来！跟你的痛苦，

跟你的烦恼，说一声再会！

让它们去吧，一切烦扰你的心灵、使你悲苦的东西！

苏兹看了这歌词，这曲谱，激动得浑身颤抖，他的心狂跳着，泪流满面。那之后一连几天，他都在默默出神，他觉得周围的一切都是爱，都是光明。在他的心里，克利斯朵夫就是光明的中心，闪着耀眼的光芒。

所以，当他收到克利斯朵夫的电报，说要前来拜访的时候，激动得连晚饭都忘了吃，忙跑出去与朋友们分享快乐。

他有两个朋友，一个叫耿士，另一个叫卜德班希米脱，都是热爱音乐的人。在他的影响下，他们也很喜欢克利斯朵夫。他们得知克利斯朵夫要来拜访博士，也很开心。卜德班希米脱到城里做手术去了，要在城里过夜，就由耿士陪苏兹去接站。

苏兹准备了半天，却没接到克利斯朵夫。他沮丧地回来，满街寻找。忽然看见一棵树底下的草地上躺着一个男人，他走近去看，果然是克利斯朵夫，这真是意外之喜。

克利斯朵夫与他们相谈甚欢，一起吃了丰盛的中饭，又去田野间散步，年轻人的步伐极快，苏兹拼命地追赶，才算勉强跟上。正当他们要搭火车回家，恰巧碰到赶回来的卜德班希米脱。卜德班希米脱是个其貌不扬的大胖子，克利斯朵夫实在想不到这个看起来庸俗的人怎么会理解他表达出的思想感情？

晚饭时间，四个人亲密地围坐在一起吃饭。

克利斯朵夫感觉很奇妙：在这个偏僻的小城，竟和这些素昧平生的老人相处得比家人还要亲热。一个艺术家倘若知道自己的思想让他在各地都能够结交到不同的朋友，他将感到多么的幸福。他的心该多么温暖，拥有多少勇气……可事实是，每个人都是孤独地活着，孤独地死去。越是感觉深切，越是无法吐露。所以对敢于将情感说出来的人，一定要心怀感激。

克利斯朵夫非常感谢苏兹，他忘我地真正爱着克利斯朵夫的音乐。

夜已深，两个朋友都走了。克利斯朵夫对苏兹说："现在，我为你一个人弹琴。"他坐在钢琴前，像对着心爱的人那样弹着琴。弹完后，他们都沉默不语，世界很安静，街道都熟睡了。克利斯朵夫转过身时，看到老人在落泪。他拥抱了老人，他看到了老人的孤独，虽然他才二十多岁，可是他深切地感受到了这位七十多岁的老人的孤独。

他们一直小声地交谈着，直到半夜。

第二天，克利斯朵夫准备离开小城。无奈身上带的钱不够买回家的票，只好选择在半路下车。没走几步，他忽然强烈地想念舅舅，却说不出什么缘由。此时，天色渐暗，忽然一阵猛烈的暴雨夹杂着冰雹落下。他看到村边的一户人家，连忙跑了进去。

那户人家有个女儿，是个盲人，唱着一支熟悉的歌，那是舅舅曾经给克利斯朵夫唱过的歌。克利斯朵夫惊声问："你们认识高脱弗烈特吗？"

那家人也非常惊讶。当得知面前的克利斯朵夫是高脱弗烈特的外甥时，他们七嘴八舌地抢着和他说话。克利斯朵夫也抢着问："你们怎么认识他的？"

"他就是在这里去世了。"

原来，这个女孩的妈妈是舅舅年轻时爱的人。女孩十七岁时，无意中被戳瞎了眼睛，美好的婚事也被毁了。若不是舅舅的陪伴与鼓励，拯救了她的心灵，她即使不死，也如行尸走肉。

克利斯朵夫想：这个瞎眼姑娘，被包围在黑暗之中，却从不惧怕黑暗，是多么勇敢坚强啊。从前的他，痛恨德国人的理想主义，此时才看出这种思想的伟大！

告别了盲女孩之后，克利斯朵夫又去看望了已故的舅舅，最后回到家里。

几个月之后，克利斯朵夫收到耿士的来信，说苏兹已故去。克利斯朵夫悄悄地哭了，此时才发觉自己是多么爱那位年迈的老人。仁慈的苏兹只在克利斯朵夫的生命里出现了短暂的一刹那。而这一刹那，更令克利斯朵夫感到空虚。他觉得自己没法再在德国孤独地活下去了，可是去哪儿呢？

他首先想到了法国。恰巧那时，他在一个村子里与人争执，意外将对方杀死，被警察通缉，不得不离开。

火车开了，克利斯朵夫朝着巴黎的方向想，救救我吧，巴黎，救救我的思想！

5
市场

1

走进巴黎，十月的雾又浓又刺鼻，有股说不出的巴黎味道，那是近郊工厂与城中污浊的气味。克利斯朵夫被带到一家小旅馆住下，房价贵，而且肮脏混乱。他缩在墙角，打开家传一百多年的《圣经》。

"人在这个世界，就是一场连续不断的战争。"

《圣经》里的话给了他前行的勇气。

一大早，他就连着去拜访了两位同乡，狄哀纳和高恩。

狄哀纳是克利斯朵夫十四五岁时的朋友，一开始躲着不肯出来，最后只愿意借给他五十法郎。高恩倒是不错，对他相当热情，请他吃了饭，还答应介绍工作给他。

克利斯朵夫激动地在旅馆等了整整三天，却没传来任何消息。第四天，他跑去找高恩。仆人说高恩出差了，要好几天才能回来。

克利斯朵夫手里的钱少得可怜，一天只能吃一顿饭。

一周后，他又跑去书店找高恩。

这次运气很好，刚巧碰到高恩走出来。

其实，高恩根本没有出差，只是不愿意见他，此时实在躲不过去了，就介绍克利斯朵夫做音乐方面的编辑工作，领他去见音乐出版家但尼·哀区脱。

哀区脱让克利斯朵夫将舒曼的《狂欢曲》编译成简单的琴谱，以供初学者使用。

克利斯朵夫跳起来叫道："你让我做这样的工作？"他将"我"字咬得极清晰，哀区脱很生气，尽管看完克利斯朵夫写的乐谱，知道这个德国音乐家很难得，却碍于自尊心，任由他拂袖离去。

克利斯朵夫的身上只有五法郎。为了维持生活，他不得不教肉店的女儿弹钢琴。那是一台从杂货店买来的破钢琴，肉店小姐弹了几分钟就开始打哈欠，老板娘只肯付一小时一法郎的价格，并在一旁不断发表对音乐的意见。

克利斯朵夫躲在卧室默默地哭泣，他后悔没有接受哀区脱给的工作。最后，他实在受不了肉店小姐的侮辱，跑出来寻找机会，却到处碰壁。

一日，他在大街上溜达，碰到了高恩。

高恩带他去了一家饭店。饭桌前，三十来个年轻人聚在一起高谈阔论。谈的话题很杂乱，就是不谈音乐。

克利斯朵夫埋头吃饭，吃完就去拿大衣。正要走开，忽从隔壁半开的门里瞧见一台钢琴。好久没有弹琴了，他忘我地弹了起来，连身后有两人在认真倾听，都一点儿没感觉到。

听完克利斯朵夫的弹奏，高恩决定请他到自己家中弹钢琴。克利斯朵夫不喜欢高恩家的客人，弹了几次就不肯弹了。只是在他家的客厅，观察着法国各种不同的人物，各种流派的音乐……

"这里发臭了，够了，咱们去看看别的东西吧。"克利斯朵夫掩着鼻子说。

"你要看什么？"

"法国啊。"

"这不就是法国吗？"

"不，法国不是这样的。"

"怎么不是呢，还不是和德国一样吗？"

"这样的民族活不了二十年，都有股霉味，一定还有别的东西。"

"好吧，我们也有高尚的心灵。"

高恩把克利斯朵夫带到法兰西剧院。

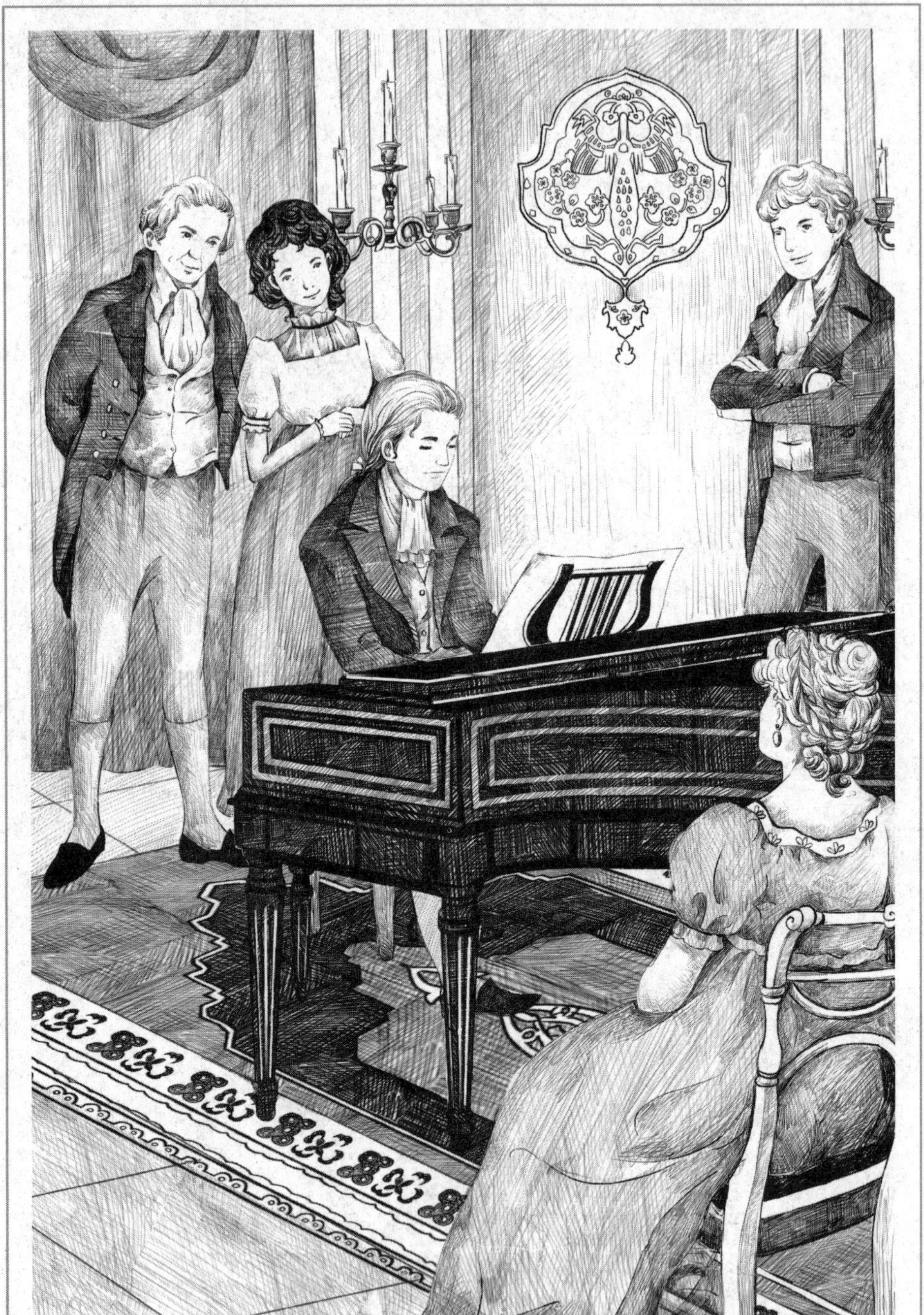

那晚，演出的是现代散文体喜剧。克利斯朵夫不知道这剧情发生在哪个世界上，而观众比剧情更加奇怪。

克利斯朵夫问："难道法国没有诗人？"

高恩又带他见识诗剧。在克利斯朵夫看来，所谓的诗人都讴歌着虚伪以及与真理不相容的英雄主义。他喊道："说谎竟说成这样？透不过气了，赶紧走！"

歌德说过，要是诗人病了，得想法医治，等病好了再写作。可巴黎所有的诗人都病了，即使有一个健全的，也不肯让人知道，假装害着重病。

"我们都是艺术家。"高恩得意扬扬地说，"我们为了艺术而生，艺术永远是纯洁的。"

"你们都很虚伪。"克利斯朵夫忍不住说，"我们德国人总把理想主义挂在嘴边，其实自私自利，永远追求我们的利益。你们更糟！用'艺术'来掩饰怯懦与荒诞！艺术得抓住生命，像老鹰抓住它的俘虏一样。需要一颗强大的心灵，而你们只知道享乐！你们的艺术缺少的不是才气，而是性格。"

有一天，克利斯朵夫从一家戏院走出来，心想一定还有别的东西。"你还要什么呢？"高恩问。

"我要看看法兰西。"

"法兰西不就是我们吗？"高恩打着哈哈。

克利斯朵夫盯了他一会儿，固执地说："不，还有别的。"

"那你自己找去吧！"高恩笑得更厉害了。

2

当克利斯朵夫看清了巴黎艺术的思想背景，有了更强烈的印象：女人，在这个社会占有最高的地位。

由高恩的介绍，克利斯朵夫开始自由出入各种沙龙，近距离地观察着巴黎的女人。

有时沙龙举行音乐会，会请克利斯朵夫弹琴。听着他们关于音乐的议论，克利斯朵夫强忍着不说话。

半夜，克利斯朵夫独自走在大街上，烦闷到极点。不管怎样，只要他还希望巴黎认识他的艺术，就要过这样的生活。何况，他还要找些教课的差事糊口，只得在这个圈子里混。

克利斯朵夫教的学生，有个叫高兰德·史丹芬的少女，少女刚满十八岁，具有典型的法国气质。她主要的生活内容就是勾引男人。而所有的手段，对克利斯朵夫一点儿都不起作用，这引起了高兰德的征服欲。像克利斯朵夫这样不解风情，缺少风雅，为人淳朴的男子，是她从来没有遇见过的。因此，克利斯朵夫令她产生了极大的兴趣。

一日上课，高兰德脸色苍白，形容憔悴，弹了一会儿钢琴便说："我弹不下去，能不能休息一会儿？"

"你昨晚的风头太足，太辛苦了。"

高兰德带着讽刺的意味说："你不能这么讲。"她将手指放在钢琴上，轻声呻吟道，"我的确是什么事都做不成。"

"能这么想已经很不错了。"

"你不知道，懦弱把我们折磨得多苦！如我一般大的女孩，尽管在社交场上出尽风头，可跳完了舞，夜里回家，在静悄悄的卧室，却被孤独的苦闷折磨得无处可逃。"

"竟这么痛苦吗？可为什么不摆脱呢？"克利斯朵夫惊愕地问。

"你要我们怎么办？永远都被世俗的义务与享乐束缚，无法解脱。我们的存在价值，只在于嫁人。"

"每个人的生活经验都是由自己体会的，到你的社会以外去找吧，法国总有正派的男子。"

"有，我也认识。但是，我已经跳不出这个社会。习惯了享受，需要奢侈与交际。请别因为告诉你这些软弱的话而疏远我。我觉得你是个强者，是值得信任的人，给我一点儿友谊，可以吗？"

"我当然愿意。"克利斯朵夫说。

从这天起，他们的谈话渐多，常单独在一起。实际上，她的生活一点儿没变，只是多了一项娱乐。

克利斯朵夫看不上高兰德身边的一批轻薄少年。他们中大半是有钱的，也很闲。他们装模作样地做戏，纯粹是表演给女人看的。欢乐、怜悯、信仰、自由等等，在他们看来就是粉墨登场时使用的面具。

这些人当中，有一个人是克利斯朵夫最讨厌，却是高兰德最为看重的。他叫吕西安·雷维·葛，是一个暴发户的儿子，总喜欢搞些贵族派的文学。克利斯朵夫第一次见到他时，还未交谈，便心生厌恶。世上有突如其来的爱，也有突如其来的恨。性情高洁的高兰德，为什么喜欢和他交往？

高兰德却对两位朋友一视同仁。有一回，克利斯朵夫问她："你是不是要和我绝交？"

"不，那样我会很痛苦。"

"可你不肯为我们的友谊作半点儿牺牲。"

"为什么要牺牲呢？"

"善与恶之间，总得挑选一个。"

"我很喜欢你，可是……"

"你也喜欢另一个。"

她笑了，做出最妩媚的神态："和我做朋友吧。"

在克利斯朵夫差不多要让步时，吕西安走了进来，高兰德用同样的媚眼接待他。克利斯朵夫不声不响地望着高兰德，心里打定主意要与她保持距离。

3

克利斯朵夫照常去高兰德家教课，只是回避史丹芬家里的晚会。他厌倦了巴黎社会的味道，他搞不明白，为什么一个民族只为了艺术而艺术，它从哪里找寻生存的意义？

克利斯朵夫无意求名，却在巴黎艺术交际圈里渐渐有了小名气。一些崇拜他的人，将他称为尼采派、两性派等。他很气愤，认为是侮辱了自己。他像在德国一样肆无忌惮地发表激烈的批评，因此得罪了许多人。

在这些人当中，包括吕西安。不管克利斯朵夫如何攻击，他总是能不动声色地避开，并使手段令高恩与克利斯朵夫疏远。

克利斯朵夫本身的行为，也在使自己走向孤独。例如他不喜欢犹太人，更不喜欢反犹太的人。可犹太人当他是反犹太的，反犹太的人又当他是喜欢犹太人。

在艺术方面，克利斯朵夫也把自己的德国脾气表现得非常突出。他所强调的是阳刚的意志，平民的狂乱与冲动。他拿着作品给巴黎艺术家看，他们认为他是德国最后一批瓦格纳派，所以满心地瞧不起他。克利斯朵夫想把作品拿出去演奏时，却发现音乐厅的大门紧闭，法国没有位置包容一个无名的德国人。

对于这一切，克利斯朵夫觉得无所谓，他本来就是为了乐趣而创作的。

写戏剧音乐时，他脑海里几个月来浮现的都是《圣经》里的形象。他最向往的人物是少年时的大卫，他把大卫想象成富有诗意的牧人，与扫罗王相遇在一片荒凉的高原。

他写这幕音乐，没有想过演奏，更没想过搬上舞台。当他向亚希·罗孙提起时，罗孙却极有兴趣地说，这部作品应该在剧院上演。

罗孙积极地促成演出，并很快找到乐队开始练习。

第一次乐队休息时，克利斯朵夫对负责音乐会的经理说："一定要换下女歌唱家伊格兰！"

经理很诧异，一直尝试说服他打消这个念头。克利斯朵夫坚决不让步，经理最后无奈地让他去找罗孙。

"关罗孙什么事？"克利斯朵夫奇怪地问。

最后他找到罗孙。罗孙听后脸色一变，声音很难听地说："伊格兰小姐是个极有天分的歌唱家，我非常佩服她，巴黎所有风雅的人和我都这样认为。"

说完，罗孙挽着女演员的胳膊出去了。

在一旁的高恩，对发呆中的克利斯朵夫笑着说："难道你不知道伊格兰小姐是他的情妇吗？"

原来，罗孙积极促成这件事全是为了情妇，怪不得那么热心又花费那么多金钱。克利斯朵夫先是一阵狂笑，随后与罗孙等所有的朋友决裂了。

在演奏完《大卫》的第二天，巴黎各报将这个粗野的德国人痛骂了一通。

克利斯朵夫在多次孤独后，又重新陷入了孤独。他慢慢以为这就是自己的命运，一辈子都这样。而一颗伟大的心灵，是不会永远孤独的。在他自以为最孤独的时候，所得到的爱比全世界的人还要丰富。

和高兰德同时学钢琴的，还有一个不满十四岁的少女。她叫葛拉齐亚·蒲翁旦比，是高兰德的表妹。妈妈去世后，她被姑母带到城里居住，总是形影不离地跟在表姐高兰德的后面。克利斯朵夫教课时，她也跟着学琴。

她第一次看到克利斯朵夫，是在姑母家的一次宴会上。旁人都没有注意克利斯朵夫弹奏的音乐，唯有她感动得眼泪都流了出来，为了不被人发觉，她偷偷地躲在了客厅的一角。

克利斯朵夫来上课，她紧张得不得了，手指不是软如棉花，就是僵似木块，总是弹得乱七八糟。

自从知道克利斯朵夫厌恶吕西安，她也开始厌恶他。无尽的柔情使她产生直觉，能体会到他苦闷的原因。孩子气的关心，让克利斯朵夫感到更痛苦。当克利斯朵夫不再去史丹芬家，她更加痛苦，对爸爸说：“我在这里活不下去了，我要死了。”

爸爸将她接回到乡下，她在家里的大花园里，欣慰地与自然界的生灵们相聚。只是偶尔会想起苦闷的克利斯朵夫，就写了一封没有署名的信，迟疑好久才投寄出去。在信中，她劝他不要灰心，有人想念他，爱他，他并不孤独。

可惜这封动人的信件，在半路遗失了。

克利斯朵夫不知有一颗纯真的心灵在关注着他，将来还会在他的生命中占据极其重要的位置，成为最亲近的伴侣，并肩携手前行。

他自以为是孤独的，不过再没有德国时的消沉与悲苦。经历过无数苦难的他，更加成熟与坚强。贝多芬曾经说过，"如果我们的生命力在生活中消耗了，还有什么可以奉献给最高尚最完美的东西？"此时的他，比任何时候都了解自己。越是受到巴黎气氛的压迫，越有回到祖国的冲动。打开书籍，满屋子都是莱茵河的波涛与故人亲切的微笑，这给他带来莫大的安慰。对于从前曾经用最无礼的语言贬斥过的舒曼和巴赫，他如今倒觉得分外的亲近。

他的情形比任何时候都艰难，钢琴课是唯一的收入来源，却都失去了。唯一的学生是个四十岁的工程师，每小时两法郎，每周上三小时的钢琴课。

不过才一个多月，工程师就声称发现自己的天赋主要在绘画方面。克利斯朵夫摸摸口袋里的十二法郎，随即苦闷自嘲地哈哈大笑。

为了节省开支，克利斯朵夫在蒙罗越区租了一间阁楼，一天只吃一顿饭。他恨自己的好胃口，整天想着吃饭。身无分文时，就到处找工作，但是没人肯用他。

无意中，他走进高恩曾介绍过的哀区脱的音乐铺，正巧碰到哀区脱从里面走出来。还以为哀区脱会像上一次见面时那么高傲，想不到哀区脱向他问好，并请他进屋坐。

哀区脱从来没有忘记克利斯朵夫。在巴黎，恐怕没有第二个人比哀区脱更加赏识克利斯朵夫了。

哀区脱拿出五十五页乐谱，要他改成曼陀林跟吉他的谱。克利斯朵夫不想和哀区脱打交道，而其他的出版商甚至连哀区脱都不如，白用他的作品，分文不付。

只要挣了一点儿钱，克利斯朵夫就花在音乐上。他的心中充满了音乐，音乐就是夜宵，就是他的情人。

到了冬天，他挤不出钱去听音乐会，就在大街上转悠。

就这样，他走进了卢浮宫。

他对绘画不感兴趣，只关注着内心世界，对外界的颜色与形态没有任何感觉。当然，本能模糊地感觉：视觉与听觉的和谐，都受到同一规律的指引，是心灵深处涌现出来的两道洪流，灌溉着两座不同的山。而他只对听觉的世界极其敏感，一走进视觉世界就迷路了。即使他对绘画有兴趣，却不容易适应法国的文化，他无法理解法国画中的和谐。但只要是生活在异乡，怎么会丝毫不受到影响。

那天晚上，克利斯朵夫在罗浮宫参观，发现了自己身上的不同。他一言不发，浑身冰冷地走过狮身人面像、亚述的怪兽、班尔赛巴里的公牛……他感觉自己走进了神话世界，内心升起了神秘的冲动，人类的梦幻包围着他——那是心灵中的奇花异葩。

走出罗浮宫后，他什么也看不见，头很痛，虚弱的他一阵头晕眼花，差点儿栽倒在地。就在这一秒钟，他的眼睛碰上了对面人行道上的一双眼睛。想了好久，才想起来对方是以前的法国女教师。她也认出了克利斯朵夫，在拥挤的人群中停下脚步，并向他走来。克利斯朵夫也穿过人群，挤过去，却被一匹马撞倒，几乎被马踩死。待他满身泥泞地爬起，女教师的踪影已消失不见。

克利斯朵夫还想去找，但头晕得厉害。拖着沉重的步子回到住处，坐在椅子上，浑身湿透了，听到舒伯特《未完成交响曲》中的乐句，还听到巴赫的《大合唱》的第一段："亲爱的上帝，我何时升天……"

当他在发烧的幻觉中，模糊地感到房门开了，有个女人拿着蜡烛走了进来。他的枕头被垫高，脚下多了一床被子，背后有什么热乎乎的东西，还看见一个女人坐在他脚边，那张脸是以前见过的，还有一张面孔，是曾经给他看病的医生……

等他的病好了一些，才算想起来这个女人曾在过道碰见过，是个佣人，名叫西杜妮。她是个单纯的女人，对信仰不感兴趣，过着没有目标、没有乐趣的生活。她有贵族式的自负，平民里也有贵族灵魂，正如上流社会也有下流的灵魂一样。对于克利斯朵夫在巴黎的所见所闻，她几乎一无所知，就算知道，也不会关心。为此克利斯朵夫对她表示赞许。

"我和大家一样的，难道你没有见过法国人？"

"我在法国生活一年，还没有碰到一个不想吃喝玩乐的人。"

"你见到的都是有钱人。也或者，你什么都没见到。"

"那好，我从头再来吧！"

他的身体刚好一些，想到的第一件事就是还西杜妮的债。

他写信给哀区脱，希望能借给他一笔钱，将来用作品偿还。哀区脱半个月后才回的信。这期间，克利斯朵夫尽量不吃西杜妮送来的东西。他饿得快死掉了，才收到哀区脱寄来的钱。

有一次，他们正在谈话，西杜妮突然站起来，和他告别。克利斯朵夫不明白她为什么突然离去，不知说什么才好。西杜妮只是搪塞，到最后也没说明原因。

克利斯朵夫永远没有弄懂她为什么走。

漫长的冬季，克利斯朵夫经历了孤独、疾病、贫困，有那么多的理由痛苦，但他却坚韧地忍受着命运的折磨。生病使他感到平静，摆脱了生命中的杂质。

虽然他不相信，但知道自己不孤独。上帝牵着他的手，指引他走向该去的地方。他像个孩子一样信任这位上帝。

某个傍晚，克利斯朵夫靠着石栏杆，看着河岸边的旧书摊，随手翻开一本米希莱所著的残缺不全的书。那是关于圣女贞德受审的故事，才读几行字，他就深深地被吸引住了。

刚想要买下，一摸衣袋，却只有六个铜子。他懊悔刚才买了吃的东西，为什么用仅有的钱买食物？要是面包与香肠能够换书该多好！

第二天清晨，克利斯朵夫去哀区脱的铺子支钱，走过圣·米希桥时，忍不住读完了昨晚的那本书，由此错过了与哀区脱的约会。他不得不又花了一天的时间，才等到哀区脱，领到了钱，忙将那本书买到手。

静静的夜里，他又将书读了一遍。将其中最美的句子反复念诵："不论别人如何蛮横，命运如何残酷，你还得抱着善心……不论是怎样激烈的争执，你也得保持温情与好意，不能让人生的磨难损害你内心的财宝……"

克利斯朵夫一直过着幽居的生活，直到收到罗孙太太的请柬，邀请他参加一个音乐会。

犹豫再三，他还是去了。

孤独了数个月，他更难与这些人接触。本打算听完一曲就走，无意中却碰到一双望着他立刻又闪去的双眼。这双眼睛有说不出的纯真朴实，令他惊讶。

"你不是巴黎人吧？"克利斯朵夫直截了当地问。

陌生的青年回答："是的。"

克利斯朵夫大声地笑着。青年人有些局促地说："我好喜欢你的音乐！"

罗孙太太走到他们跟前，克利斯朵夫问她："他是谁呀？"

"怎么，你不认识他？他是个诗人，也是音乐家，琴弹得相当好，名叫奥里维·耶南。"

6

安多纳德

1

耶南一家世代住在法国中部的一座小城，是保持着纯正贵族血统的旧家族之一。安东尼·耶南对文学极有抱负，受拉丁文学的影响极深，有些篇章能倒背如流，还写些模仿布瓦洛、伏尔泰等人的诗歌。他的太太是法官的女儿，叫吕西·特·维廉哀。他们家世代都是当法官的，为人诚实，但有些迂腐。吕西·特·维廉哀非常贤淑，对别人要求严格，个性冷酷而骄傲，对宗教十分的虔诚。

他们有两个孩子，女儿叫安多纳德，儿子叫奥里维，比安多纳德小五岁。

安多纳德是个美丽的姑娘，她从爸爸身上秉承了快乐无忧的个性。奥里维天生爱幻想，怕死，喜欢孤独，没有一点儿应付人生的能力。他的心肠很软，性格敏感。遇到一点儿让人难过的事，他都会哭成泪人。

两个孩子很相爱，但是个性不同，他们玩不到一块。奥里维常躲在自己的幻想里做美梦，安多纳德也爱做梦，但梦的内容截然不同，他们在各自虚幻的世界中幸福地生活。

安多纳德很爱笑，夜里睡着的时候做梦也会笑。奥里维在隔壁听到她的笑声，还有断续的梦话，常常会吓一跳。悲观主义在奥里维身上特别容易生长。这个十岁的孩子，休息时不去园子里玩，总把自己关在房间里，一边吃点心，一边写遗嘱。

对于奥里维来说，音乐是与信仰一样的避难所。他常常自得其乐地独自弹琴，其实他对自己弹的曲子一知半解，只是单纯地喜欢其中的旋律。

安多纳德十六岁那年，身心像鲜花一样奔放。她知道自己长得很美，有很多大户人家的少爷不断地奉承她，当地的贵族鲍尼凡不时从古堡而来，穿着长靴，跨着骏马，或者坐双轮马车，有时会带一篓野味，有时会带一大束鲜花。谁都看得出来，他在热烈地追求着耶南家的安多纳德小姐。他与安多纳德小姐在花园里散步，愉快地谈着天。

然而大祸却在不知不觉中降临。

银行家耶南是个有着虚荣心、懦弱又轻信他人的人。他挥霍无度，朋友向他借钱，他从来不会拒绝，甚至连张收据都不留。人家不还，他绝对不讨。他相信别人是善意的，正如他充满了善意一样。另外一方面因为胆小，他从不敢回绝别人的要求，由于借的都是小数目，所以也没有损失太多钱。直到有一天，他遇到一个非常有阴谋手段的大企业老板波依埃。这位老板打听到耶南资产雄厚又有随便借钱的习惯之后，使了个诡计，让耶南在自己的公司投入了所有的钱。

耶南以为胜券在握，是个赚钱的大好机会，谁知过了一段时间，他发现自己所有的钱财竟一点儿也拿不回来。

六月的一天晚上，喇叭花散发着甜蜜的清香。坐在花园的长凳上，耶南握着奥里维的手叹气，奥里维将头枕在椅子靠背上，望着天边的星星，问爸爸星星的名字。

突然耶南的手颤抖起来，奥里维感到奇怪："爸爸，你的手抖得厉害。"

耶南连忙将手抽了回去。

那天夜里发生了一件悲惨的事，可是谁也没有听到枪响。直到第二天发现出事时，邻居才记起半夜隐约听到砰的一声响。耶南太太发觉时，已经过去了两个小时——耶南自杀了。耶南太太大叫了一声，随后晕了过去。

葬礼很凄惨，也很丢人。教堂不接受自杀者的遗体，孤儿寡母被昔日的亲朋好友抛弃。耶南太太和两个孩子一致决定将余下的产业用于偿还耶南留下来的债务，他们决定离开这里去巴黎生活。

那段离开的路程好像是在逃亡。第一天晚上，他们去墓地告别。三个人一齐跪下，悄悄地淌着眼泪。这是住在老宅的最后一夜，清早四点钟，耶南太太点着蜡烛起了床，穿好衣服，简单收拾妥当。出门后，她带着孩子们匆忙上了列车，列车缓缓地开动，向远方驶去，三个人忍不住悄悄地哭泣。

耶南太太和孩子们都没有料到未来的遭遇，他们把一切想得过于简单。

一到巴黎，耶南太太马上拜访了自己的姐姐，她巴望着姐姐一家能邀请他们到家里去住。姐姐一家住在沃斯门大街一幢华丽的公寓里，他们唯恐受到牵连，妨碍自己的前程，用冰冷的态度接待了耶南太太和孩子们，甚至没留他们吃晚饭。

耶南太太在植物园附近租了四层楼以上的公寓。公寓临着一条嘈杂的大街，衣衫褴褛的意大利人、穿着破烂的孩子们游手好闲地坐在街边的长椅上。耶南太太仅有的一点儿钱快要用完了，想要节约，却是做不到的。节约是一种习惯，若不是从小养成，就要花费许多年时间去磨炼学习。

过了几个星期，钱全部用光了，耶南太太不得不找波依埃去借。波依埃还算是通点儿人情，借给了她二百法郎，过后却极其后悔，尤其是告诉了妻子后，被妻子数落了一顿的时候。

耶南太太想找份时间自由的工作。费了千辛万苦，终于找到在一所修道院教钢琴的职位。那份工作非常乏味，报酬又少。为了多挣钱，她在晚上替文件代办公司做些抄写的工作。她的书法一般，加上疏忽大意，总有丢字或者抄错了的。辛辛苦苦做到半夜抄写出来的东西，经常被退回去重写。她失神落魄地回到家，不知如何是好。本来就有心脏病，经过这些事，病情更加重了，出门时总带着字条，字条上写着自己的姓名地址，唯恐半路跌倒。她担心的是，如果她死了，两个孩子可怎么办？

耶南太太每天累得不行，挣到的钱还是不够用，不得不卖掉一些首饰。最糟的是，恰逢安多纳德的生日，她想送一件小小的礼物给女儿，就在看礼物的时候，她随手将钱袋放在柜台上，转眼钱袋就不见了。

这是生活再次给耶南太太的打击。

几天后，八月将尽，气温非常炎热。耶南太太将一份抄写的文件送到文件代办所回来，想省下三块钱的车费，又担心孩子等得焦急，便走得快了一些。当她爬到四层楼时，已经说不出话来，大口呼吸着，勉强喝了几口水，忽然她哼了几声，就倒了下去。

看门的女人听到声音，跑上去看，发现耶南太太倒在地上，便请了医生来。医生来的时候，耶南太太已经停止了呼吸。耶南太太没受什么罪，只是死前的那几秒，她心里想着把孤零零的孩子丢在世上的不安，谁又能体会呢？

妈妈刚死的那段日子，两个孩子简直绝望得无法形容。

由于奥里维抽风抽得厉害，安多纳德一心想着弟弟，反倒忘记了痛苦。她的坚强和爱也感染了奥里维，奥里维没有因为痛苦而做出危险的行为。姐弟俩拥抱着，坐在妈妈的灵床前，奥里维喃喃地说：“活着有什么意思？”

“为了她啊。”安多纳德指着妈妈，“你想想，她为了我们受了多少罪，我们不能让她再受苦难。而且，终有一天，我一定要让你得到幸福！”

安多纳德是这么说的，更是这么做的。

他们换到了最高层一间极小的公寓。修道院答应安多纳德接替她妈妈钢琴老师的职位。她一心想着要供养弟弟走进高等学校。这个不满十八岁的姑娘，清楚地看到摆在自己面前的是孤独困苦的生活，打定主意即使自己得不到幸福，也要使弟弟幸福！

奥里维是个懦弱的人，如果处在安多纳德的位置，也会心甘情愿地付出，而现在看到姐姐为自己所做的牺牲，他觉得心里非常痛苦。他不仅没有加倍地努力，反倒更加垂头丧气。

他们的生活靠着信仰坚持。安多纳德筋疲力尽地回到家，还要为奥里维做饭。晚饭后，奥里维做功课，安多纳德洗碗。

接着教他背书，检查卷子。她就像慈母一般地监督着弟弟的功课，然后不是缝衣服，就是抄写文件。

生计如此艰难，他们还是积攒下一些钱用于偿还妈妈欠波依埃的债。百般节省，整整三年的时间，才积攒下二百法郎。

2

一天晚上，安多纳德来到波依埃的家。他们以为她是有事相求，对她相当不客气。她打断他们的话，将两张钞票放在桌上，要求写张收据。收到收据后，她冷冷地行了个礼，转身离去。

安多纳德暗中省下钱，居然为奥里维租了一台钢琴。只要每月付出一定的款项，数年后这台钢琴就可以归他们所有。为了这笔钱，她把身体都熬坏了，但这桩傻事为他们增添了很多幸福。在艰苦的生活中，音乐好比天堂。他们沉浸在音乐里，将世界上其他的一切都忘记了。

对于像安多纳德这样操劳过度的人来说，音乐会是唯一的安慰。他们冒着寒风暴雨，在场外紧紧偎依着等待，生怕买不到票。他们痛苦又快活着，为了感受贝多芬与瓦格纳伟大心灵中奔泻的音乐之光。奥里维握着姐姐的手，谁也没有注意他们。但在阴暗的大厅里，还有更多躲在音乐慈爱翅膀下的、受伤的心灵。

安多纳德被很多男人追求，她感到疲惫不已。有钱的犹太人拿端夫妇很关心她，偶尔送些小礼物给她。就在拿端夫妇家的夜宴上，有几名轻浮的少年，将她当作追逐的目标，甚至拿她打赌。她接连收到几封匿名信，先是威吓，后来直接谩骂与侮辱，说下流的话，安多纳德痛苦地哭了。拿端太太得知这件事后，出面为她解决，才算了结。

此外，还有一位四十多岁的男子，在拿端家遇到安多纳德，爱上了她，托拿端太太做媒。

安多纳德早没了与情人在花园散步的幻想，她只希望生活能不那么艰辛。可是想到如果要把弟弟丢下，她就无法忍受。痛快地拒绝之后，安多纳德内心多少有些惆怅。

然而那位男子却不能够原谅被拒绝，他默不作声地离开。五六个月后，安多纳德收到一张请柬，是他寄来的，他要和另外一名女子结婚。这是安多纳德悲苦之外的又一场悲苦。从此，她更一心一意地照顾弟弟，完全退出了社交，不再去拿端家。

3

然而，奥里维没有通过高等院校的入学考试。压在身上的担子太重，懦弱的他无力承担。

他们不得不又撑了一年！

为了生活，拿端介绍安多纳德到德国去教书。六年来，他们姐弟从来没有分开过，而今却要面对分离。她要奥里维每天写信，若是有事，立刻喊她回来。

安多纳德在德国的葛罗纳篷家教孩子们读法语。主人傲慢而自私，不给她留下一点儿私人空间。弟弟每天寄来的信，只能贴身携带，不然随时会被翻看。

葛罗纳篷一家并不关心安多纳德，他们认为既然出钱雇用了她，这个人就属于他们。安多纳德时时刻刻受着折磨，待人接物更加冷淡，她将一切苦难深藏在内心深处。

恰好有个法国剧团路过安多纳德所在的德国小城，她极想听听法语。她赶到剧院时，剧院客满了，她无法进去。就在那时，她遇到德国音乐家克利斯朵夫，克利斯朵夫邀请她到包厢去。当晚，小城传遍了她和克利斯朵夫的闲话。葛罗纳篷家里知道后，毫不客气地将她辞退。

安多纳德不恨克利斯朵夫，她知道他也是无辜的。尽管不懂世故，但内心的直觉因饱经沧桑而显得尤为敏锐，她看出他虽然粗鲁，可是性情和她一样的憨直，又慷慨豪爽。

回到法国后，安多纳德愉快地与奥里维团聚。他们又租了一间房子，恢复了过去甜蜜的生活，一心一意准备即将来临的考试。

考试的成绩揭晓时，他们一起去巴黎大学文学院的走廊看榜。看了好几遍，终于看到奥里维的名字就在其中——他终于考取了！

晚上，他们吃了一顿精美的晚餐，又打算去瑞士度假。

两人出发的时候，已是八月中旬。由于是第一次出门旅行，没有一点儿经验。劳碌奔波中，安多纳德疲惫极了。在旅馆里，她不幸发了寒热，呕吐又头疼，医生说要休养一些日子。

他们在小旅馆待了三四个星期，安多纳德不再发烧，可身体还是不舒服。面对美丽的景色和清新的空气，却无缘享受。奥里维先是在房间里陪着姐姐，慢慢地忍不住出去远足，即使是留在旅馆，也是和同龄的年轻人在一起。

回到巴黎后，安多纳德的身体还是没有复原。她将奥里维送到学校，然后孤独地生活。读读书，学习音乐，没有弟弟在身边，生活没有一点儿意义。如果身体好些的话，尚可开始新的生活。可她倒下了，多年来凭借着强大的毅力独自支撑，一旦没有了支撑的动力，就再难以坚持下去。

安多纳德悲苦地消磨着黄昏，作息极没有规律，偶尔同奥里维去夏德莱剧院听音乐。

有一天，安多纳德竟看到克利斯朵夫在台上演奏，她身体里的血液立刻沸腾起来。她从没有对弟弟提起过他，她的内心世界有一个秘密的精神王国，那里沉睡着许多无法诉说的感情，那是关于克利斯朵夫的。她知道自己的感情，却逃避着不肯看，仿佛面对神明一样的，她害怕自己不受理智的控制。

从剧院回来的几天，安多纳德独自在房间里，对克利斯朵夫的秘密感情一点点儿地渗入到思想中。

几天后，奥里维带回来克利斯朵夫所著的《歌曲集》。安多纳德打开扉页，看到克利斯朵夫用德文写的献辞：献给因我蒙受不白之冤的可怜人。下面还写明了日期。

安多纳德的心乱了，再也看不下去。这个日期是多么熟悉，这就是克利斯朵夫邀请她去剧院包厢的那天啊！她走进自己的卧室，关上门，任由心狂热地跳动。她闭上眼睛，用手按住胸部，只觉得头痛欲裂。

第二天，安多纳德依然头疼得厉害，就想出去走走。

在拥挤的人群中安多纳德难受地走着。忽然，她一眼瞧见马路对面的克利斯朵夫。克利斯朵夫也看到了她，停住了脚步，并向她走来。她努力想要挤过去，偏偏在此时，一匹马滑倒在路中央。克利斯朵夫拼命想要挤过来，等挤到跟前，安多纳德已经被人群挤远了。

安多纳德也曾尽力在人群中挣扎，却没有用，她感到命运沉重地压迫着她，不让她见到克利斯朵夫。人怎么能和命运抗争呢？她不再回头看，难为情地想：见到了他，该说什么呢？他又会怎么想？

半夜，安多纳德全身发烧，却强撑着爬起来给克利斯朵夫写信。写了半天，回头看时却吓了一跳。她开头写的是，我爱你，克利斯朵夫。

这样怎么行？安多纳德只好重写，可又不知该写什么。

星期天的早晨，奥里维从学校回来，发现安多纳德没有起床，忙请来医生。医生诊断她得的是急性肺痨。安多纳德意识到自己活不了多久，强打起精神料理后事，焚烧文稿，给拿端太太写信，求她在自己死后照料弟弟。

安多纳德很满足，奥里维如愿考上了理想的学校，她也没有太多的牵挂，她感谢上帝让她活到这一天。临终前，她将脖颈上的圣牌摘下来，挂在弟弟的脖子上，反复说："我很幸福……"接着，她轻轻闭上眼睛，失去了呼吸。

拿端太太赶来时，奥里维痛苦得六神无主。

世上最痛苦的事，莫过于在不幸的时候回忆幸福的日子。对于柔弱的心灵来说，最大的不幸就是尝过幸福的滋味。

奥里维将姐姐写的文稿，能找到的全部看了一遍，其中有她写给克利斯朵夫的信。此时，他才知道她心中没有说出来的浪漫秘密。

奥里维之前就欣赏克利斯朵夫优美的艺术才华，现在更觉得有说不出的亲近。爱克利斯朵夫就是爱姐姐，因此奥里维想尽办法寻找克利斯朵夫。最后，在一个朋友的晚会上，克利斯朵夫注意到了奥里维。

那天夜里，似乎是安多纳德的灵魂附在奥里维的身上，使得克利斯朵夫穿过客厅，朝着陌生的奥里维走去。

7

楼　里

1

　　我找到一个朋友了！这是多么美好！克利斯朵夫兴奋不已。在苦难之中，心灵找到了寄身之所。他不再孤单，只要两个人在一起，痛苦也成了快乐！

　　第二天一醒来，克利斯朵夫就想去见奥里维。

　　"你怎么来了……"奥里维结结巴巴地说。

　　克利斯朵夫笑笑，没有说话。他瞧瞧床上的垫枕，再瞧瞧奥里维一脸的倦容，说："这样的房子，只能闻到浑浊肮脏的空气，不觉得恶心吗？我可受不了，我宁愿睡到桥下去。"

　　"我也觉得恶心。"

"你是怎么生活的？"

"教课，什么都教。"

克利斯朵夫站在钢琴前，要奥里维弹一曲。

奥里维犹豫了一阵子，弹起莫扎特的 B 小调柔板，不知不觉暴露了自己的心声。克利斯朵夫发现他弹出了清澈的忧郁，温柔腼腆的微笑……

"我听到了你内心的声音。"克利斯朵夫说，"你说多怪，我好像以前见过你，很了解你……"

奥里维的嘴唇打着哆嗦，差一点儿说出姐姐的秘密。

他俩决定在蒙巴那斯区唐番广场附近合租一套房间。拥有友情的日子里，快乐是深藏在心底的，只有心心相印的人才能理解。他们不怎么说话，心却能想到一处。他们的书籍放在一起，不再说"你的书"，而是"我们的书"。

三个月后，奥里维受了凉，克利斯朵夫耐心地照顾他，拿碘酒给他擦背。发现他的脖颈上有一个小小的铭牌。

"这是安多纳德给我的。"

克利斯朵夫被这个名字震到，他摇着奥里维的胳膊，问："她是在你很小的时候就去世了吗？"

奥里维给他看安多纳德的照片。克利斯朵夫哭了，好半天才说："难怪认识你时，就感觉你似曾相识。"

他们的关系更加融洽。一个人为朋友活着，才保持完整的生命不受到时间的磨损。奥里维心灵平静，身体虚弱。克利斯朵夫身强力壮，心灵激动。他们互相补充，都觉得对方丰富了自己。

克利斯朵夫不明白奥里维怎么会是法国人，他一直将吕西安看作是法国人的典型。奥里维答道："可怜的朋友，你对法国了解多少呢?"

克利斯朵夫争辩说，为了了解法国，他耗费了无数精力。接下来，他一一列举了近几年所遇到的各类法国人。

"你所见到的是一群堕落分子，只会寻欢作乐，根本算不上是法国人。你所看到的是美丽的秋天里，果实丰收的果园吸引来的成千上万只黄蜂。"

奥里维挽着克利斯朵夫的手，带着他去了解法国真正自由的精英。奥里维对克利斯朵夫说："你不知道自由多快乐! 这种快乐值得人去冒险、受苦，甚至去死! 自由，是无法描述的极乐世界!"

克利斯朵夫太不了解法国，抓不住它万变不离其宗的本质。

奥里维说每个人都有自己的精神园地，每块精神园地都用各种围墙、篱笆等物隔开。每块地之间都有小块的草地或者小树林，每个人都关着门生活在自己的小世界里，每个人都唯恐失去个人主义。

克利斯朵夫不禁想，他们多孤独啊!

说到孤独，没有什么比他们住的房子更能体现，这是法国社会的缩影。一栋六层高的楼房，摇摇晃晃，歪歪斜斜的，天花板上满是蛀洞。克利斯朵夫弹钢琴时，修补匠在他的头顶上修补天花板。

这栋楼的六楼住的是四十多岁的高尔乃依神甫，他很有学问，思想开放。下面一层住着一户人家，丈夫是工程师，叫哀里·哀斯白闲。工程师夫妇俩有两个孩子，一个七岁，一个十岁。他们都是高尚的人，由于经济不宽裕，不好意思见人，总是闭门谢客。和工程师同一层的一个小套房里，住着电机工人奥贝。他是一个中产阶级市民的私生子，脾气急躁，满腹牢骚。四楼的一边住着两个妇女，奚尔曼太太和她虔诚信教的老婆婆。位于三楼的大公寓差不多一直空着，房东留作自用。房东以前是个商人，大部分时间都不在巴黎，靠着利息生活。隔壁那间较小的公寓租给了一对没有孩子的夫妇，亚诺先生和他的太太。亚诺先生大概四十多岁，在中学做教员。他们夫妇最大的乐趣是听音乐，并且有个美妙的计划，就是存一笔钱去意大利游历，然而那永远只能是梦想。公寓二楼住的是法列克斯·韦尔夫妇。这是一对有钱的犹太人，无儿无女，一年当中的一半时间住在乡下。他们在这里住了二十年，从来不和邻居交谈一句。

比小花园高出几个石阶的一楼，住着退役的炮兵军官夏勃朗少校。他整天吹着笛子，翻着花坛，骂政治，埋怨自己最疼爱的女儿。

所有人住在这座花园紧闭的房子里，吹不到一丝外界的风，唯有克利斯朵夫是个例外。可是他不了解他们，也无法了解。克利斯朵夫不像奥里维那样能洞察人心，但是他有爱，他设身处地站在他们的位置上，能体会教士、犹太人、工程师，他们因为高傲将思想藏在内心。平民出身的工人想着光明，坐在紫丁香下出神的少女，也能领会乐天知命的安静。

奥里维将一本叫《伊索》的杂志介绍给克利斯朵夫。《伊索》的撰稿人中有人自称是怀疑派的，其实那些人比别人更抱有深刻的信仰。

这份杂志的怀疑主义只适合小部分人，只有小部分的人才懂得他们坚毅的精神。法国越民主化，思想艺术和科学越是贵族化。科学躲在术语的后面，瞧不起普通大众，重视道德思想甚于美学观念的文人，也带有没落贵族的气息。

一个人尝到了自由的滋味，就会牺牲一切。这种自由的孤独，是用多少年的艰苦换来的，所以特别珍贵。

除了高傲的孤独，还有一种因隐忍退让而形成的孤独。法国多少老实人把他们的慈悲、勇敢和真挚的感情埋藏在心里。

克利斯朵夫和奥里维住的房子四面围着高墙，幽美的园子就像小型法国的象征。对一个人的了解，用一分钟的真诚比几个月的观察更有成效。

对于克利斯朵夫来说，八天的足不出户，与奥里维亲密

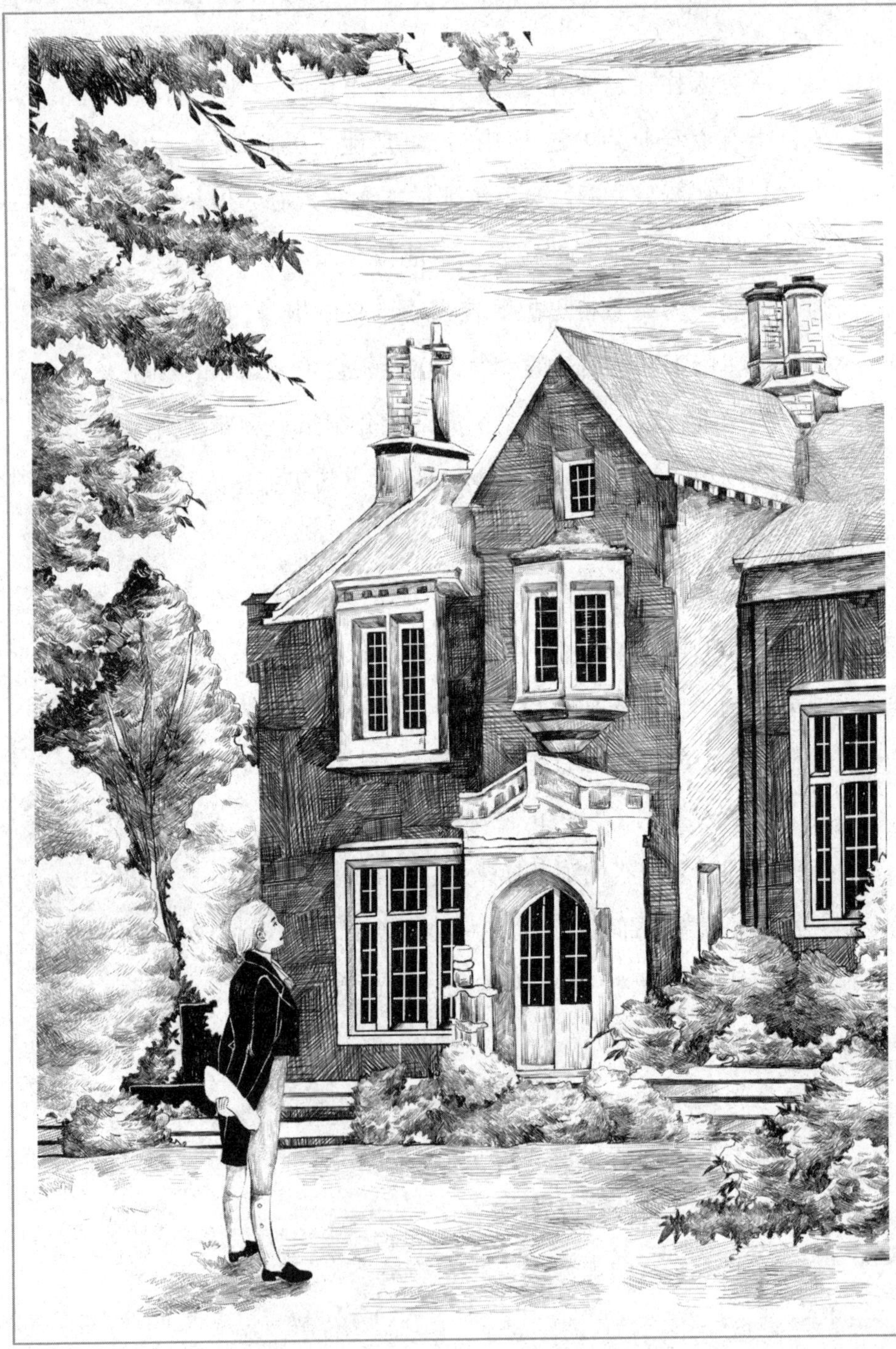

相处的结果，比起以前用一年的光阴走遍巴黎，走遍巴黎文化与政治沙龙所了解的更多。他看到了真正的法国，这让他把过去自己对法国民族所抱的偏见全部推翻了。摆在他眼前的不再是那个快乐的、无忧无虑的、光芒四射的民族，而是一批含蓄孤独的心灵。这仅仅限于法国的优秀阶级，克利斯朵夫不懂这些精神是从哪里来的。

奥里维说："是从失败里得来的，是你们，克利斯朵夫，把我们锻炼了。你们想象不到，从小到大，我们有多悲惨。法国的文明，落在一个不了解它的、恨它的征服者手里。那些法国的孩子，很小就懂得世界没有正义，只有强权！他们在想，既然如此，何必奋斗？他们不能选择，只有往一条路走去。亲爱的克利斯朵夫，你们德国给我们带来了多少痛苦。"

克利斯朵夫觉得奥里维说的那些事仿佛是他做的，他几乎开始道歉了。

奥里维笑着说："德国不自觉地给我们的益处，远甚于害处。是你们将我们的热情燃烧起来的，是你们促成了法国的普及教育，是你们使我们的诗歌、绘画与音乐再生。我们民族意识的觉醒，也全是靠你们的力量。我们是如此渺小，如此软弱，跟德国的威力相比，我们只是大海中的一滴水。我们却相信那是一滴将海洋染成蓝色的水。"

奥里维眼里闪烁着信仰的光芒。克利斯朵夫望着他的眼睛，说："你们比我们更强！"

"失败对我们是有好处的。我们祝福苦难！我们是灾难之子，绝不会背弃它！"

2

失败可以锻炼出优秀的人。

克利斯朵夫与奥里维的境况都很辛苦，差不多都没什么固定收入。克利斯朵夫靠给哀区脱抄乐谱和改编乐曲生活，奥里维辞掉了教职工作。一方面是因为姐姐的逝去让他过于伤心，另一方面是因为对这个职业失去了兴趣，不愿在大庭广众之下暴露自己的思想。现在，再没有姐姐来阻止他沉醉于梦想中，他可以开始写作。他天真地以为，只要作品有艺术价值，就会得到承认。

过了不久，他彻底明白，自己不可能出版作品。他热爱自由，痛恨一切损害自由的东西。置身于一切文学团体的外面，处处受到排挤，碰钉子。在巴黎，要把自己的文字印成铅字出版是相当难的事情。

克利斯朵夫得知后，想帮帮奥里维，但是出师不利，他刚说一句话就恼火了，得罪了人家，反倒是帮了倒忙。

克利斯朵夫偷偷借钱为奥里维出版了一本诗集，但是一本也没有卖出去。

在这样艰难的境况中，住在同一幢楼里的那位四十岁上下的犹太人泰台·莫克给他们带来了帮助。他开了一家艺术照相馆，读书极多，常常留意哲学等方面的新思想。奥里维打算将莫克介绍给克利斯朵夫，克利斯朵夫抱着对犹太人的偏见，不肯认识莫克。奥里维笑着说，你对犹太人的看法不比对法国人的更高明。

克利斯朵夫这才答应见面。

接触不久，克利斯朵夫就完全接受了这个一把大胡子的犹太人。

莫克总带着好消息来。要么是为奥里维介绍写文章或教课的差事，要么是给克利斯朵夫介绍学生。他总是匆匆而来，匆匆而去，从来不多停留，不说一句多余的话。

克利斯朵夫对莫克的态度有些矛盾，但是后来他渐渐被莫克的好意所感动，不禁抓住他的手道："真可惜……你是犹太人……"

莫克听了笑笑，苦涩地说："更不幸的是生而为人。"

敏感的奥里维立刻体会到这句话中的悲观。他这才发现，除了大家认识的莫克外，还有一个大家完全不了解的莫克。人们所见到的，只是表面的他，他将自身的天性长期压抑，留给人们一个表面的印象。

费了好大的劲，莫克居然说服哀区脱刊印了克利斯朵夫的《大卫》以及其他的作品。

还有一次，奥里维身上的钱花光了，莫克去找考古学家法列克斯·韦尔求援。韦尔将莫克看作是到处借钱的危险分子。莫克先是讲述奥里维与克利斯朵夫在艺术上的成就，可韦尔毫不感兴趣。莫克并不灰心，继续谈到他俩之间的友谊，这让韦尔十分感动。

原来，韦尔曾拥有一段最真挚的友谊，可是他的那个朋友去世了。那之后，韦尔开始做一些事业，就是为了怀念这位朋友。莫克提到的奥里维与克利斯朵夫之间纯真的友谊，不禁令韦尔回忆起自己的过去。他对谁都没有提起过这位朋友，包括所爱的妻子。

这个被大家认为冷酷无趣的老人，暮年还在反复默念印度古代婆罗门高僧温婉又心酸的句子——世界上受过毒害的树，也能生长出两个比生命的甘泉更甜美的果子：一个是诗歌，一个是友谊。

韦尔向莫克要了一本奥里维最近出版的诗集。通过他的努力，这本诗集获得了一笔学士院的奖金。这对于两个正在贫困中挣扎的年轻人来说，是多么宝贵的礼物。

克利斯朵夫感到很惊讶，他想不到平时被自己诋毁的人竟然给予了他那么大的帮助。在和奥里维聊天时，谈到吕西安最近发表的对克利斯朵夫音乐的批评时，他说："我们怎么老是和犹太人打交道。"

奥里维说："那是因为他们聪明。在法国，一个思想自由的人，只能和犹太人聊聊天。我们不能没有他们。"

"没有他们，一样能活下去。"

"是，可是活下去有什么意思？没有他们，很可能没人知道你的作品。在今天的欧洲，做好事和做坏事的都是活跃的犹太人。如果把犹太人赶出欧洲，就会削弱欧洲的智慧。我并不认为他们的种族不如我们——种族的优越感是荒唐的，可厌的。但他们不该梦想着将法国变成犹太国！"

"相互了解是多么困难。"奥里维叹道。

"难道一定要互相了解吗？"克利斯朵夫说，"我认为只要相爱就行了。"

克利斯朵夫与奥里维虽然坦诚交心，但还是有些思想是对方所无法理解的。好在朋友之间的误会不会太严重，只要没有第三个人插足其中就好——但世界上喜欢管闲事的人很多，他们都唯恐天下不乱。

奥里维也认识高兰德。她很喜欢奥里维，最近总在想方设法与他接近，奥里维轻易被高兰德迷住。当高兰德对他和克利斯朵夫的友谊表现出真诚的关切时，他立刻滔滔不绝地讲述克利斯朵夫的艺术计划，以及批评克利斯朵夫对法国的看法。高兰德听了，很快就把这些话传播出去，还加上了自己的渲染。

第一个听到这番话的，就是跟高兰德形影不离的吕西安。吕西安将高兰德的话添油加醋地传播出去，将奥里维形容为牺牲者。

后来，在一场音乐会上，克利斯朵夫遇到了罗孙太太，从她口中得知，自己与奥里维之间隐秘的友谊被人添油加醋地散播出去。克利斯朵夫追问罗孙太太是从哪里听来的这些事情，罗孙太太说是听吕西安讲的，并且是奥里维亲口告诉高兰德，高兰德再告诉吕西安的。

克利斯朵夫再也待不下去了，马上离开了音乐会，他心底有个声音在默念，我的朋友把我出卖了……他将全部的愤怒情绪发泄在吕西安头上，又看到吕西安写的批评贝多芬的歌剧《菲德里奥》的文章，更加怒气冲天。

克利斯朵夫认为，有一种音乐是绝对不能被亵渎的。那不是普通的超越其他音乐的音乐，而是一颗伟大而仁慈的心灵创作的音乐，它是能给人安慰、给人勇气、给人希望、不允许被侵犯的音乐。可是，吕西安却亵渎了它。在这种情况下，当然要拼命了！

在罗孙家的音乐会上，克利斯朵夫将吕西安大骂一通，狠狠地出了一口恶气。吕西安差人送去了自己的名片，意思是要决斗。

莫克听说了这件事，立刻调查清楚，所有的过错都在于高兰德和吕西安，与奥里维毫无关系。

决斗约定在一个小树林里。古铜色的橡树荫下，摆了几张桌子。双方都发了毫无结果的子弹，大家总算都有了面子。克利斯朵夫仍气愤不平，朝着树林深处跑去，扑在茂密的草地上。

过了一会儿，莫克赶了过来，听到克利斯朵夫的哀伤的歌声，循声而去。

在一片空地上，莫克见克利斯朵夫四肢朝天地像一头小牛一样，在地上打滚，他快活地向莫克打招呼，之后他们手拉着手搭火车回到巴黎。

第二天报纸上刊登了消息，奥里维向克利斯朵夫询问了他们决斗的原因。被逼得没办法，克利斯朵夫笑着说："为了你呀。"

除此之外他什么都不说了。

奥里维最后还是从莫克的嘴里得知原委。他惊讶极了，马上与高兰德断了联系。

克利斯朵夫将两个民族的灵魂和谐地结合起来，他的内心更加丰富、充实，天地万物的生命在他心中快乐地跳动。这种快乐与丰富的生命力感染了周围的人。

工程师哀斯白闲感染到克利斯朵夫的乐天主义。从三层楼的那对夫妇的家门前走过时，克利斯朵夫好几次听到里面传出的钢琴声。克利斯朵夫送了他们几张自己的音乐会门票，他们非常感激。想不到法国人如此热爱音乐。

"你一向只看到音乐家。"奥里维说。

"我知道。"克利斯朵夫说，"音乐家是最不热爱音乐的。不知道法国有多少像他们一样热爱音乐的人……"

"成千上万。"

"那就是流行病,对不对?"

"不是的。"奥里维轻轻地说,"如果一个人听到美妙的和弦,却不知道欣赏和感动,不会从头到脚感到震颤,不会心旷神怡、超越自我,那么这个人的心是不正的、丑恶的、堕落的。对于这种人,我们应当像对待出身平凡的人一样,提防他们……"

"这是我的朋友莎士比亚说的。"

"不。那是在莎士比亚很久以前的法国人龙沙说的。爱好音乐的风气,在法国并不是昨天才流行的。"

奥里维还说,倘若艺术有什么疆界的话,倒不在于种族而在于阶级。没有一种艺术叫法国艺术,或者德国艺术,但的确有有钱人的艺术和穷人的艺术。

克利斯朵夫认为奥里维说的对。越认识法国人,越觉得法国的老实人和德国的老实人没有多大的分别。老实人也不会为了思想的不同而区分什么界限。

抱着这样的心情,无意之中,克利斯朵夫引导高尔乃伊神甫与华德莱先生相识了。华德莱先生有一本俄国地理学家克鲁鲍特金的著作,三个人都很爱读。有一天,他们偶然在克利斯朵夫家里碰面,克利斯朵夫还怕他们会说让对方下不来台的话,事实上他们都彬彬有礼,互相谦让。虽然很少见面,但见面时却很高兴。

高尔乃伊神甫有着独立的见解，这是克利斯朵夫意想不到的。

伽利略说地球是在眼花缭乱的太空中转动，无限小的东西比无限大的东西更有力量，国王的政权和政教协议的废除，这些都是足以扰乱人心的。高尔乃伊神甫只问自己："人的位置在哪里？是什么使人生存的？"他还相信，有生命的地方就有上帝。

"我怎么看不见上帝呢？"克利斯朵夫问。

"你每天都看到了上帝，却没有认出上帝。上帝用不同的形式出现在每个人身边。对于你，上帝守护在你理想的尊严中。"

"我是自由主义者，永远不会放弃自由。"

"你与上帝同在，就更自由了。"神甫平静地回答。

克利斯朵夫不承认自己是不自觉的基督徒，天真地为自己辩护，仿佛被人家贴上标签，就跟人家有什么关系似的。高尔乃伊神甫静静地听着，带着一种教士所特有的不易觉察的讥讽，也抱有极大的慈悲心，极有耐心，这是因信仰而促成的习惯。

电机工人奥贝在克利斯朵夫那里遇见了高尔乃伊神甫，不由得浑身一震，无法掩饰内心的厌恶。他对于华德莱先生与高尔乃伊神甫聊天时亲热的口吻感到十分诧异，同时感到惊奇的是，世界上竟然有民主派的教士和贵族派的革命党。

奥贝体会不到他们的精神境界。高尔乃伊神甫告诉克利斯朵夫，奥贝使他想起法国的乡下人。

一个偶遇的机会，使克利斯朵夫与军官夏勃朗有了来往。

克利斯朵夫的书桌摆在窗前。某天，几页乐谱被风吹到楼下去了。克利斯朵夫下楼去捡，不料开门的是军官的女儿，待他找到乐谱出来的时候，恰好军官从外面回来，得知他就是楼上的音乐家，便热情地与他谈论起音乐。

对于军官来说，音乐不过是无可奈何的消遣。

克利斯朵夫对他很是同情，始终不明白这个军人怎么会不停地退缩呢？一个军人不去制服他的敌人，就是自己最大的敌人。在军官女儿的身上，克利斯朵夫也发现了这种退缩的精神。

军官的女儿叫赛丽纳，她性格仁厚，一点儿好奇心都没有。她很少看书，从不去剧院，从不去旅行，不参加上流社会的慈善事业，很少离开高墙里如深井般的院子。克利斯朵夫对待人的信赖与亲切博得了她的信任，他们成了好朋友，时常无拘无束地交谈。

3

有一天下午，赛丽纳坐在院子里的凳子上发呆，一连坐了几个小时。克利斯朵夫问她为什么发呆，她红着脸说她坐的时间并不久，只是在编故事，"只要花园里吹来一阵风，我就很快活。在我看来，花园好像有了生命。"

克利斯朵夫看出来她内心的苦闷，为她感到悲哀，为什么这个女孩不把自己解放出来呢？

克利斯朵夫发现不同场合的中产阶级，几乎都是不满现状的。他们几乎都厌恶权力，厌恶腐朽堕落的思想。当然，这并不是个人恩怨，也不是个人或阶级受到了压制，而是一种精神上的反抗情绪，既深刻又普遍，到处都看得到。在军队、大学、司法界，几乎无所不在。他们不行动，只翻来覆去地说：没有办法。

"这些浑蛋！"克利斯朵夫气得大叫。

"你在说谁呀？"奥里维问。

"我说的是老实人。坏人做坏事不足为奇，但是老实人呢？他们瞧不起坏人，却让坏人胡作非为。不是比坏人更坏吗？我见过不少老实人，都说某人是个坏蛋，但没有谁见到坏蛋不和坏蛋握手的。胆小鬼太多了！软弱的老实人太多了！"

"你要大家怎么办？"

"一定要换新鲜空气！有几个老实人甚至胆小到了荒谬的地步，居然以为自己错了，那些江湖骗子倒是对了。我在杂志社碰到一些年轻人，明明不喜欢艺术，嘴里偏称喜欢。这是盲目的奴性！"

其实，最困难的不是要他们行动，而是一起行动。他们互相不满,最优秀的人也是最固执的。法列克斯·韦尔、工程师哀斯白闲、少校夏勃朗,三个人彼此都不声不响地抱着敌意。其实,他们在不同的政党和不同的民族旗帜下,所盼望的是相同的东西。

奥里维对克利斯朵夫说:"一个人不能一下子改变整个社会的思想,那太理想了!你已经不知不觉做了许多事了!"

"我做了什么?"

"亲爱的克利斯朵夫,你只要保持你本来的样子,别替我们操心就好了。"

但克利斯朵夫不肯罢休,他继续跟军官少校争辩。赛丽纳在一旁静静地听他们谈话,并不加入谈论。少校见她微笑,就问她做何感想,她说:"克利斯朵夫先生是对的。"

"怎么,你也这么说?"少校一愣。他是喜欢克利斯朵夫的,喜欢他的坦白和积极的精神,他常常惋惜克利斯朵夫是德国人。

正如奥里维说的,一个人对于别人的影响,决非靠言语,而是靠精神来完成的。克利斯朵夫散发的是活泼的生命力,它仿佛是春天的一股暖气,透过死气沉沉的屋子,透过古老的墙壁和紧闭的窗子,使被多少年的痛苦、病弱、孤独折磨得枯萎憔悴、差不多已经死了的心再生。这是心灵对心灵散发的力量。

住在克利斯朵夫与奥里维所住的公寓四楼上的,是三十五岁的少妇奚尔曼太太。两年前,她的丈夫去世了,一年前,她的女儿夭折了。她和婆婆住在一起,从不跟人来往。她的脑海里全是夭折的女儿,周围放的都是女儿的遗像与遗物。街坊有个女孩身段举动都像极了她的女儿,一瞧见那女孩的身影,奚尔曼太太就浑身发抖,跟在后面。当女孩回过头来,奚尔曼太太发现那不是她的女儿时,她真想把那个女孩掐死。

一个夏天的晚上,奚尔曼太太忽然听到克利斯朵夫的琴声,这琴声使她恼怒,因为打扰了她的思绪。她想阻止克利斯朵夫弹琴,但是她没有这个权利。可是时间久了,那琴声也成了一种习惯。从此,每当这个时间,她都焦急地等待着琴声响起。

有一天夜里,奚尔曼太太待在黑暗的卧室,遥远的音乐声让她打了个寒战,久已干枯的眼泪居然淌出了眼眶。她一边哭,一边听音乐。音乐好比雨水,一点一滴地渗透了枯萎的心。她重新见到了明月、夏夜、星空,对生命有了新的期待,对人们产生了同情之心。可她并不想认识克利斯朵夫。

有一天,奚尔曼太太正要出门,听到门口有个孩子走过,那孩子对她妹妹说:"轻一点儿,吕赛德,克利斯朵夫曾经说过,别打搅那位伤心的太太。"

孩子的妹妹便放轻了脚步,低声说话。奚尔曼太太忍不住冲出房门,拥抱了他们。她生活的本能与爱的本能都已复苏，再也无法被压下去了。

一天晚上，克利斯朵夫从外面回来，发现整栋房子里乱哄哄的，原来是华德莱先生突发心绞痛死了。他连奔带跑地来到了四楼，看到高尔乃伊神甫守在灵前。华德莱先生的女儿淌着眼泪喊着"爸爸"。克利斯朵夫过去抱起孩子，温柔地安慰着她。

白日将尽，孩子慢慢地安静下来，呜咽着睡去。

此时，公寓的门还开着，有个影子闪了进来，克利斯朵夫在昏暗中认出了奚尔曼太太的那双眼睛。她站在门口，哽咽着说："你可愿意……把她交给我照顾？"

华德莱先生下葬了几个星期以后，奚尔曼太太带着孩子离开了巴黎。临走前，她对克利斯朵夫说："你救了我。"

克利斯朵夫听后感到有点儿奇怪，这是什么意思呢？这个疯癫的太太。过了几天，他收到一张照片，照片上是个陌生的女孩。照片的背面写了一行字：我的亡女感谢你！

一缕新生的气息就这样在那栋楼的每个家庭吹过。克利斯朵夫抱怨道："那些不同信仰、不同阶层、不愿意相识的人，难道不能携手共同面对困难吗？"

"那需要相互容忍与同情。内心真正的欢乐，是过着健全正常的生活时所感到的愉悦。如果有什么办法将联合的力量发动起来，那将是多么伟大的气势！可你没有这样的办法。耐着性子吧！整个民族所有坚强的分子养尊蓄锐地等着，不能在时间未到时灰心。"奥里维说。

"幸运和天才往往来得出人意料。谁敢说主不会在今晚走过你我的门口？"克利斯朵夫仍然相信奇迹。

实际上，那天晚上，主确实来到了他们的门口。

德法之间出现了一些战争的迹象，外交关系突然紧张起来。三天时间里，原本邻里之间友好的关系转变为战争前奏的紧张。莱茵河两岸的舆论界也在一夜之间转变了态度。

老百姓其实只要求和气地过日子。但是政府并不征求老百姓的意见，老百姓也没胆量发表意见。凡是没有勇气参与公共行动的人，势必成为公共行动的玩具。

这件事对于克利斯朵夫与奥里维来说，是个可怕的打击。他们之间有着深厚的友谊，他们不明白为什么他们的国家不能像他们一样和谐相处。

尤其是克利斯朵夫，作为战胜国的德国人，更没有理由仇视战败国的法国人。像所有德国人一样，他认为两国间的误会主要该由法国负责，却从来没有想过法国割让阿尔萨斯·洛林（即普法战争后法国于1871年割让给德国的领土。1919年第一次世界大战后，这块土地归还法国。第二次世界大战期间，被德国占领，后又归还法国。）多么痛苦。小学时期，克利斯朵夫已将法国割地赔款看作是公平合理的。所以，当奥里维认为割地赔款是奇耻大辱时，他几乎觉得是祸从天降。因为他知道奥里维老实，思想自由，不想谈起这事。

奥里维痛苦地说："一个宽容的民族可以不报仇雪恨，但同意忍辱含恨，就有辱国格。"

他们很难互相了解，谁也说服不了谁。

其实，历史上任何时期，任何民族都有过同样的先例。人类越进步，人的罪行在光明的衬托下，会显得越可恨。

有一回，克利斯朵夫参加了奥里维和他的朋友们的谈话，听完后他大吃一惊。莫克温柔地说："要想阻止战争，应当煽动士兵反抗，向长官开枪。"

哀斯白闲站在莫克的一边，不管那些人愿意不愿意，把他们送到这个或那个党派去。从电机工人奥贝开始，全楼的人都不和克利斯朵夫说话，连亚诺夫妇出门活动时，也不再邀请他。每个人碰到克利斯朵夫时，依旧很亲热地握手，但他们不会再多聊一句，只是急匆匆地离开。相反，那些多年从不交谈的人倒是很亲近。

克利斯朵夫对大家的变化倒是不惊奇。

奥里维是唯一不受影响的人，他知道两个敌对的国家，一边怕分裂，另一边却知道两个国家必须一战。对于人类的自相残杀，他很想引用一句古希腊悲剧作家安提戈涅的名言：我是为了爱而生的，不是为了恨而生的。

身边的种种迹象，克利斯朵夫完全感受得到。不能回到德国的他，偷偷地整理衣物，收拾行李。奥里维担心他，默默地关注他。事实上，他们比任何时候都要亲密。

那个夏夜，奥里维望着克利斯朵夫微笑，怅惘地问："你准备走了，是不是？"

"是的。"克利斯朵夫握住奥里维的手，深情地说："亲爱的奥里维，我爱你甚于爱我的生命，但不能甚于爱人类的太阳。"

克利斯朵夫用十倍的热情埋头创作，奥里维也受到他的影响，他们根据拉伯雷的作品合作了一部史诗，克利斯朵夫写成了几支分幕的、附带合唱的交响曲。

哀区脱将《大卫》印刷出版，一出版立即产生了巨大的反响。

哀区脱有个朋友在英国做乐队指挥，在好几场音乐会上演出了这些作品，极受欢迎。那位乐队指挥又向克利斯朵夫要其他作品，竭力为克利斯朵夫做宣传。以前被喝倒彩的《伊芙琴尼亚》，现在在德国大受欢迎，人们都说克利斯朵夫是天才。《法兰克福日报》首先发表了一篇轰动一时的文章，《拉伯雷史诗》还未完工，巴黎某音乐会的会长就向克利斯朵夫要作品。

克利斯朵夫知道自己早晚会成功的，但没想到成功来得这么快。若是一年前，在写作《大卫》时，人们恭维他，他还可能接受，但他现在的心情完全不同了，不过他暗地里仍然感到了一种快意。

那天下午，他一边洗脸一边和奥里维聊天，门房塞进来一封信。克利斯朵夫一看，是妈妈的笔迹，他拆开阅读：亲爱的孩子，我身体不大好。要是有可能，我还想见你一面。想拥抱你。

克利斯朵夫哭了，奥里维吃惊地跑了过来。

克利斯朵夫边哭边指着桌上的信，不等奥里维看完信，给他安慰，他就拿起外套匆匆出门了。他是去借钱了，他要回去看望妈妈，可是他身无分文。

奥里维当了自己的表，依然差很多钱，便又拿了几本书卖给旧书摊。

当奥里维将所有的钱交给克利斯朵夫时，克利斯朵夫没有问这些钱是从哪里来的，也没有问朋友以后怎么生活。他只知道，妈妈写这封信时，一定是等不及了。他埋怨自己不该离开德国，同时又觉得这种自责太迟了。

到达家乡时，克利斯朵夫努力不被人认出，因为他之前犯下命案的通缉令还没有撤销。

人们还在沉睡，大街上冷清荒凉。一个年轻的女仆刚刚打开铺子的百叶窗，哼唱着一首老歌。那歌声让克利斯朵夫觉得心快要融化了。他凝神屏气地走到家门口，看到家门半开着，便推门进去，可是一个人也没有，妈妈的门关着。

克利斯朵夫的心不安地狂跳，他抓住门把，却没有勇力推开……

鲁意莎孤零零地躺在床上，觉得自己快要死了。几个孩

子都不在身边，洛陶夫在汉堡成了家，恩斯德去了美洲，杳无音讯。只有一个女邻居每天来看望她两次，待一会儿就回家。鲁意莎把克利斯朵夫最后寄来的信件，用针扣在褥单上。她多希望此时克利斯朵夫能在身边。

这一次，鲁意莎如愿了。当她睁开眼睛时，克利斯朵夫果然在她眼前。她并不惊讶，只是微微地笑着。克利斯朵夫看到她气喘得厉害，还在不停地流着泪，摸着他的头。他一边哭一边亲吻她的手，用被单遮着脸。

突然，克利斯朵夫觉得妈妈的手在他手里抽搐。鲁意莎张着嘴，爱怜地望着儿子，溘然长逝了。

当天晚上，奥里维赶了过来。他不能让克利斯朵夫在这样的时刻孤独无助，同时也担心他的安危，他要和他在一起，保护他。为了送克利斯朵夫回乡，他卖了几样祖传的旧首饰。

奥里维的到来，让克利斯朵夫在精神上得到了很大的支持。只要有一双忠实的眼睛和我们一同哭泣，就值得我们为了生命而受苦。克利斯朵夫这样对自己说。

天微微亮时，他们被敲门声惊醒了。一位邻居来通知克利斯朵夫，说已经有人告发，让他赶紧走。克利斯朵夫坚持要将妈妈安葬了再逃。奥里维央求他赶紧离开，一切后事由他代办。

克利斯朵夫仍执意要看看莱茵河。他是在这河边长大的，他的灵魂像海洋中的贝壳一样，始终保存着河水响亮的回声。

克利斯朵夫望着莱茵河边的景致走了神。奥里维抓住他的手臂将他带到车站，克利斯朵夫像梦游一般，任由奥里维安排。

火车开走之后，奥里维回去时，见门口有两个宪兵在等候。他们把奥里维当作克利斯朵夫抓了起来，为了让克利斯朵夫逃得远一些，奥里维并不争辩，任由宪兵把他带到了警察局。当警察发现抓错了人时，也不急于去追逃走的人。奥里维怀疑他们其实很愿意让克利斯朵夫逃走。

第二天，奥里维办完鲁意莎的葬礼，才赶到约定的边界车站与克利斯朵夫相见。他们打算步行走到下一座城市。

两个人朝着静悄悄的森林走去，走到山冈上的一片空旷地带，他们脚下的山谷还是德国的土地。四下全是一望无际的深绿色的树林，树林被水汽笼罩着，薄雾在柏树枝间飘荡。克利斯朵夫与奥里维停住了脚步，各自想着心事。

奥里维默默地对自己说："安多纳德，你在哪里？"

克利斯朵夫却在想，妈妈已经不在这个世界上了，成功对于我来说，还有什么意思？

山谷和森林一片静谧，他们似乎听到了亲人的安慰，"亲爱的，别哭了，别想我了，你想着他吧，想着你身边的人，想着温暖的友谊……"他们看了彼此一眼，紧握着手，心里觉得莫名的凄凉。

接下来的两天，克利斯朵夫一直在思念着妈妈。他想着在他离家的那些日子里，妈妈独自过着卑微的生活，对抗孤独的岁月，在静寂的家里，想念将她丢下的儿子……

克利斯朵夫也想起过去认识的那些人，这时他觉得自己离他们是多么近！他爱着成千上万的淳朴的心灵——他们在各个民族中静静地燃烧。

"你们和我有着同样的血统，现在我回到你们身边来了。请你们把我留下，不问生死，我们都是一体的。妈妈，我来自于你的身体，如今你已经离开了这个世界，我会带着你的灵魂好好活下去。还有我的朋友们，亲人们，高脱弗烈特舅舅、苏兹、萨皮纳、安多纳德，你们全都生活在我的灵魂里。你们是我的财富，我的声音就是你们的声音。我们一起走接下来的路吧！"

黑夜来临了，克利斯朵夫在幻梦中醒来。看到朋友忠实的脸，微笑着，将他拥在怀中。随后，他们穿过树林，克利斯朵夫走在前面，替奥里维开路。两个人孤零零地、不声不响地走着，他们是一对年轻的走向未来的兄弟……

8

燃烧的荆棘

1

虽然克利斯朵夫在法国有了一些声望，但还是时常遭遇穷困。

这天，克利斯朵夫熬夜修改完乐谱，到天亮时才倒头睡着。奥里维清早出门，穿越整个巴黎市，去另一个城区教课。

八点钟左右，送信的门卫来敲门了。克利斯朵夫睡眼惺忪地打开门，拿了信瞧也不瞧，将门一推，没关严就上了床，又睡着了。

过了一个小时，他被屋子里的脚步声吵醒。睁开眼就看见有个陌生人对他行礼。克利斯朵夫愤怒地从床上跳起来，抓起枕头向不速之客扔去："你是谁？你来干什么？"

陌生人连忙躲开，退回到门口说："我是《民族报》的记者，我在《大日报》上看到一篇关于你的文章，特意前来采访你。"

"什么文章？"克利斯朵夫问。

"你没看吗？"记者将那篇文章的内容讲给他听。

要不是睡得迷迷糊糊的，克利斯朵夫早把来人赶出去了。他又钻进被窝，闭上眼睛装睡觉。来客却开始念文章了，克利斯朵夫竖起耳朵，听到文章里将自己说成是当代第一个天才。克利斯朵夫从床上坐起来，捡起刊有那篇文章的报纸，好奇地打量报纸上自己的相片。还没等他看内容，第二个记者跑了进来。这下克利斯朵夫真的生气了，他推着他们的肩膀，一直把他们送出大门，然后赶紧把门锁上了。

这一天是注定不会清静的。克利斯朵夫还没梳洗完，又有人敲门。他打开门，见又是一个陌生人。来人称他就是文章的作者，并且不管克利斯朵夫愿意不愿意，都执意拉他去见大名鼎鼎的阿赛纳·伽玛希，汽车就在楼下等着。

十分钟后，克利斯朵夫见到了让人害怕的无冕之王阿赛纳·伽玛希。

阿赛纳·伽玛希很会做生意，会利用人，自私自利，以自我为中心，把自己的事业夸大为法国甚至是全人类的事业。为了个人恩怨，他甚至跟政府为敌。他还会用自己的影响力，在茫茫尘海中挑选出一个小人物，使之获得名气。只要他愿意，他也可以打造"天才"。

这一天，他选中了克利斯朵夫。这件事是因无心的奥里维而起。

任何时候，只要一有机会，奥里维就会提到克利斯朵夫。所以当《大日报》的记者找上他时，他便透露了一些消息，还暗中安排记者与克利斯朵夫在咖啡店见了一面。

在去上课的路上，奥里维读到《大日报》上的文章，不禁吓坏了。

文章上所写的皆是记者的推断，将克利斯朵夫塑造成一个自由的使徒，德国专制的牺牲者，被迫逃出德国，躲到自由灵魂的庇护所法国。

奥里维心不在焉地上完课，赶紧回家等着克利斯朵夫。直到下午三点钟，克利斯朵夫才回家。他刚同阿赛纳·伽玛希一起吃了午饭，喝了香槟酒，糊里糊涂的，完全不懂奥里维的忧虑。

"你问我做了什么？吃了一顿好饭，好久没有这么大快朵颐了。"克利斯朵夫把菜单背给奥里维听，"各种颜色的酒，都灌进去了。一起吃饭的除了伽玛希，还有那篇文章的作者……三四个不认识的记者……"

"你没仔细看过那篇文章吗？"奥里维问他。

"没有时间看。"

克利斯朵夫拿来那篇文章，刚读了几句，就骂道："混账东西，这些人把我当白痴了！我要写信给他们。"

奥里维劝他等到明天再写，现在太激动了，不适合写文章。固执的克利斯朵夫一旦有话说，就没有办法等下去，他只是肯答应写完给奥里维看看。

"吃午饭时，你没说什么冒失的话吗？"

克利斯朵夫这才回忆起午餐时间的聊天。他兴高采烈地讲了好多罗孙等人的轶事，离开酒桌后全都忘记了，此时经奥里维的提醒，他才惊得直打寒战。

事实正如克利斯朵夫所预料的那样，他所泄漏的友人们的隐私被写成文章，先是在法国的报纸上发表，后来在德国的报纸上引起尖锐的批评。一个德国艺术家发表这样的言论，简直引起了公愤。到后来，甚至和政治扯上了关系，克利斯朵夫苦恼极了，可就是管不住自己。

每当奥里维回家，总看见他狼狈不堪的样子，就知道他又说错话了。"我真该叫人把我关起来，这肯定是最后一次了……"克利斯朵夫懊恼地说。

第二天，记者又来敲门，克利斯朵夫将他哄走了。记者虽然连门都没有进去，却也杜撰了一段对话。法国报纸上说克利斯朵夫穷得没办法，替人将名曲改成吉他乐谱，一家英国的日报却说他弹着吉他沿街卖唱。

克利斯朵夫被这些言论搞得烦透了，好在半个月之后，报纸上不再提他的名字。但他已经出名，收到大批的信件，还有宴会的邀请。

他把自己关在家里太久，需要出去走走，积蓄一些能量。他去参加了一个艺术沙龙。克利斯朵夫的艺术天分极高，结果被名声压倒，呼吸着谄媚逢迎的空气。他坐在沙龙一角，那些年老的大师就是他的未来。他们有钱，有名，似乎不用怕什么，不用敷衍什么。可他们却对所有的人低头，怕舆论，怕报纸，不敢说出自己的思想，因此他们不再有思想，只是载着自己遗骸的驴，在人前展览。

克利斯朵夫在这个社会走马观花，意识到危险。这些人看到一只鸟就想关在笼里，看到一个自由人就想把他变成奴隶。

命运是捉弄人的。投入巴黎这张大网的不只有克利斯朵夫，还有奥里维。

朋友的成功使奥里维也跟着出名。克利斯朵夫被邀请的时候，他也被邀请。他出入沙龙，暗中监督克利斯朵夫的一举一动时，爱神悄悄地来临。

那是一个有着淡黄色头发的少女，叫雅葛丽纳·朗依哀。雅葛丽纳不到二十岁，家里很有钱，品格高尚，天性聪明。她爸爸是个聪明的工程师，靠着政治与婚姻的关系，挣了一大笔钱。她妈妈是金融界的漂亮女人。他们在年轻时也有热烈的爱情，现在则是各自寻欢，互不干涉。

女儿雅葛丽纳是他们之间的桥梁，他们都非常疼爱她。所以她受到过分的溺爱，像其他孩子一样自私。她恋着演员、演奏家、作家等人，在音乐会上、沙龙上，和一些陌生的青年眉目传情。

许多青年都为雅葛丽纳着迷，可是她一个都不爱，却和所有男人保持暧昧关系。一个美貌的少女认为别人爱她是自然的，她真心相信，别人爱上她就是幸福的。她整天幻想着爱情，其实对爱情一无所知。

雅葛丽纳的姑母给了她很好的影响，可惜时间太短。

"我想让人家爱我。"雅葛丽纳对姑母说。

"你不爱人家，只是人家爱你，有什么用呢？"姑母做着针线活，静静地说。

雅葛丽纳一愣，想了想说："当然是只希望我爱的人爱我！"

"要是你不爱呢？"

"一个人总会有所爱的呀！"

"爱是上帝给你的一种恩德，最大的恩德。你得求他赐给你。"

"可要是人家不爱我呢？"

"人家不爱你，也得这样，学会先爱人。你会因此更幸福。"

雅葛丽纳拉长了脸："我可不愿意，我对这个不感兴趣。"

姑母叹了口气："可怜的孩子。"姑母连说了两遍，雅葛丽纳不放心地问："你怎么总说我可怜？"

"就因为你不懂得爱，我才说的，可怜的孩子。"

雅葛丽纳并不明白。其实，在这个年龄听到别人预测自己遥远的将来，是有些悲哀的。可是，从局外人的角度看，人生的不幸很有诗意，一个人最害怕的，是庸庸碌碌的生活。

过了不久，姑母因肠癌逝去。

此时的雅葛丽纳，经历着精神上最苦闷的时期。她孤独到极点，很需要信仰作依傍。但她发现妈妈信奉宗教仪式，却照旧怕死，仿佛没有信仰一样。姑母对她的影响，令她讨厌社会上不严肃、不认真的生活方式。她还患着神经过敏症，还有一件事深深地伤害了她。

那天下午，雅葛丽纳在妈妈的会客室。朗依哀太太正在会客，那是一位时髦的小画家，是她们家的熟客。朗依哀太太无意间称客人为"我的小心肝……"正在沏茶的雅葛丽纳心头一震，手里的杯子差点儿滑落在地。她想着妈妈过去的行为，不禁为爸爸感到难过。她想对爸爸表示同情，可是爸爸似乎并不需要，也就是说爸爸什么都明白。

雅葛丽纳孤独而迷茫，无论如何都想跳出这个世界！她发自内心地呼喊："谁能救救我啊……"

就在这个特别的时期，雅葛丽纳遇到了奥里维。

朗依哀太太邀请了这个冬天走红的音乐家克利斯朵夫来家里做客。雅葛丽纳看不上他粗鲁的举动、快活的心情。谈话间，克利斯朵夫提起奥里维，把奥里维说得非常有意思，雅葛丽纳动心了。她便催着妈妈邀请奥里维来家里。

最终奥里维接受了邀请。他文雅的举止，光辉四射的恬静，将雅葛丽纳深深地迷住了。

克利斯朵夫很快就发现雅葛丽纳的秘密，他愉快地接受了现实，并且在暗中促成他们俩。陷在恋爱中的雅葛丽纳和奥里维并不知道克利斯朵夫的好意，他们沉迷在自己的世界中。

交往了一段时间之后，在巴黎的近郊，亚当岛森林旁的大花园里，奥里维和雅葛丽纳定下了终生。他们走到花园的尽头，轻轻地靠在一起，想着自己的命运，可能还有将来的痛苦，他们谈论着自己最爱的人，紧紧地拥抱在一起……

克利斯朵夫劝奥里维跟雅葛丽纳的父母提婚事，并找份差事谋生。如果奥里维不能谋生，就不能与雅葛丽纳在一起。

“你得提防女人，尤其是有钱的女人。”克利斯朵夫对奥里维说，“财富是一种病，女人比男人更受不住。一个富翁懂得什么是人生？跟艰苦的人生有过接触吗？尝过饥寒交迫吗？闻过用自己的劳动换来的面包的味道吗？艺术家是大地的声音，有钱的人是成不了大艺术家的。凡是财产超过生活必需的人就是妖魔，是侵蚀他人的癌。”

“可是我不能因为雅葛丽纳富有而不爱她啊。”奥里维笑道。

“你可以救自己，你得保持纯洁，所以要自己出去工作。"

奥里维比克利斯朵夫更敏感，不想让人觉得自己是贪图雅葛丽纳的财产才与她在一起，所以他要求重进教育界。雅葛丽纳不能接受奥里维的理由，她认为两个人有爱情的话，和所爱的人同甘共苦不是自然而然的吗？虽然如此，但她还是尊重奥里维的选择。

朗依哀先生已发觉女儿与奥里维的亲密关系，故意嘲笑甚至批评他。雅葛丽纳说自己非嫁给奥里维不可，如果不答应，就离家出走，并且一早跑到奥里维的门前请求他带她走。

奥里维只好硬着头皮登门，与朗依哀先生谈判。

谈到僵处，奥里维道出雅葛丽纳的自杀计划。朗依哀先生不敢将这种威胁当作玩笑，想想他们是相爱的，也知道奥里维是正人君子，或许还有些才气，于是同意了他们在一起。

举行完婚礼的当夜，奥里维和雅葛丽纳动身去意大利，克利斯朵夫与朗依哀先生送他们到车站。离别令人惆怅，爸爸眼看着女儿被陌生人牵走，心里难过又无奈。

新婚夫妇以为此时是人生最美妙的顶点，之后才知道这不过是暂时的，拐过山峰，又是遥远的未来摆在面前。

克利斯朵夫常常写信给奥里维，奥里维回信却很少，朋友在精神上与他疏远，这让他很失望，孤独再次袭来。

《大日报》的肆意渲染让克利斯朵夫深感厌恶，他觉得赫赫的名气，会让自己在人群中迷失。他玩味着歌德的话：一个作家凭着一部有价值的作品引起了大众的注意，大众就设法不让他创作第二部有价值的作品。

于是，克利斯朵夫关上门创作，只接近几位老朋友，还去探望了近来比较疏远的亚诺夫妇。

亚诺太太想到奥里维走后，克利斯朵夫会很空虚，常邀请他吃晚饭。

克利斯朵夫还与一位女朋友来往。她叫赛西尔·弗洛梨，二十五岁左右，是一名音乐家，得过音乐学院的钢琴头奖。生活没有宠爱她，她懂得辛苦换来的享受多么可贵，只要当月比上个月多挣五法郎，或者把练习了几个星期的一段曲子弹好，她就欢喜不已。她为人正直、谦虚，只要日子平静，就永远会感到快乐。

有一天晚上，克利斯朵夫听到她的演奏，大为赞赏，会后跟她握手道贺。那次之后，他们就常常见面。

克利斯朵夫去看望赛西尔的时候，常要她弹钢琴。她对音乐作品的领悟，使他很是高兴。他发觉赛西尔的嗓子很好，天分极高。音乐的光芒像奇迹一般照在这个毫无艺术情操的巴黎平凡女子身上。

克利斯朵夫称赛西尔为"夜莺"，他们彼此恬静地相爱。

克利斯朵夫还交了一些新的朋友。有的是孤独的青年，有的是清苦的艺术家，他们看到自己的思想被克利斯朵夫用音乐表现出来，快活极了！

渐渐地，克利斯朵夫周围有了一群志同道合的朋友，他们仿佛是他的亲人，他们也从他身上吸取快乐，同时也给他快乐。这个群体慢慢扩大，形成以他为中心的集体灵魂。

此时的克利斯朵夫，艺术思想发生了重大的变化，变得更加宽广，更富有人性。他不再希望音乐是一种独白，不是只有内心才了解的艰深结构。他要让音乐成为人与人之间沟通的桥梁，唯有与人息息相通的艺术才是有生命力的艺术。

巴赫在最孤独的时候，也靠着渗透在艺术中的宗教信仰和其余的人熟识。人类应当用这种话提醒天才："你的艺术中有哪些部分是为我而创作的？如果没有，那么我不需要你！"

克利斯朵夫将他的原则渗透到音乐中，还鼓励奥里维在文学上也如此实行。但现在的奥里维不需要写作，不需要克利斯朵夫，他心里装的只有雅葛丽纳。他们只知道爱情，自私的心让他们缺少朋友，毫无远见地把将来的退路给阻断了。

"我为什么这样爱你？"蜜月后，奥里维和雅葛丽纳在法国西部的一座小城安顿下来，奥里维找到了一份中学教员的工作。

不久后，朗依哀先生知道女儿对艰苦的生活深感厌倦，便托了政界的朋友把女婿调到巴黎来。雅葛丽纳快活得跳起来。在巴黎，他们又遇到亲朋故友。克利斯朵夫兴奋地赶来，奥里维虽然很亲热，却明显有了很大的变化，身上到处显现出被女人的灵魂侵占的痕迹。

奥里维没有觉察自己的变化，反而责备克利斯朵夫始终保持老思想，那是他以前非常重视而现在认为老朽又幼稚的思想。

奥里维的心被一个女人占据，克利斯朵夫和这个外来的灵魂格格不入。

过了不久，虽然他们的收入多了三倍，但还是全部花光，雅葛丽纳抱怨钱不够用。钱像流水一样地花出去，她身上的诗意浪漫消失了，留下的只有庸俗。

奥里维辞了教职，专心写作。他曾经因为无法完全献身艺术而痛苦，现在可以完全献身的时候，却缥缥缈缈地像是在云雾之中。倘若没有一份工作维持平衡，没有紧张的生活作依傍，不需要努力挣取面包，艺术就会失去最精锐的力量和现实性。

奥里维迷失了方向，走进了完全陌生的世界，信念不像从前那样坚定了。

朗依哀把遗产留给他们，自从奥里维夫妇得到遗产后，克利斯朵夫觉得和他们格格不入。奥里维的冷淡，令他失去了平衡。为了排遣自己的愁闷，他又去了阔别已久的剧院。

在走红的明星中间，有个女演员引起了克利斯朵夫的注意。她大概不到三十岁，有着动人的表情和变化莫测的眼睛，有点儿像猫，出身低微，精神上却是贵族。

有一天，克利斯朵夫搭火车去探望夜莺，打开车厢的门，就见那个女演员坐在那里。克利斯朵夫注意到她的神情有异，便目不转睛地盯着她。她很不耐烦地狠狠瞪了克利斯朵夫一眼，到站时，她换了一节车厢。

过了几天，克利斯朵夫又与那个女演员在车厢里相遇。他走上前，表示了歉意。他们聊到人生的痛苦与愚蠢，到了巴黎就分手了，双方都没有再联系。

几个月后，那个女演员突然跑来敲克利斯朵夫的家门，说自从上次见面，总不停地想起他来。他们聊着闲话，克利斯朵夫知道了她的名字，叫法朗梭阿士。他们就这样聊着，不知不觉数小时过去了。

之后他们经常来往。她甚至在一个晚上，将自己所有的遭遇都讲了出来。克利斯朵夫认真听着，不时发表着感慨，怜悯地望着她，亲热地抱着她，安慰道："可怜的孩子！"

在同一个月，她又来过一回，碰巧克利斯朵夫不在家。之后，他就把公寓的钥匙交给她，以便她随时能进去。

他们共同生活，却不住在一起，各自保持着适当的自由。

克利斯朵夫的慈悲、天赋与高贵的人格，深深地吸引着法朗梭阿士。克利斯朵夫的创作灵感与热情都投入到这个女人身上，多亏了她，自己才对戏剧有了进一步的认识。

法朗梭阿士所表现的思想，正和克利斯朵夫的思想符合。幻想是美好的，实现幻想是伟大的。戏剧像壁画一样，是最严格的艺术，也是活的艺术。

克利斯朵夫的理想是像古希腊诗人一样，摆脱自我。他计划写一组以日常生活为主题的交响曲，假想一阕《家庭交响曲》，不预备描写人物或动作，而是要说出每个人都熟悉的、能在自己心中寻觅到的情感。

克利斯朵夫与法朗梭阿士这对美妙而自由的伴侣虽然在一起了，但他们的性格相差太远了，双方性子都很暴躁，时常发生冲突。恰在此时，有人请法朗梭阿士去美国表演，她便答应了，并借此和克利斯朵夫分手。

"可怜的朋友，"法朗梭阿士悲哀又温柔地笑着，"我想我永远都找不到这样美妙的时光了，永远找不到这样的友谊了！可是没有办法，咱们太愚蠢了，没有办法在一起……"

法朗梭阿士的离开让克利斯朵夫很难过。但没过多久，克利斯朵夫接到雅葛丽纳的一封信，她在信中的口气与以往大不相同，并热情地邀请克利斯朵夫去做客。克利斯朵夫快活极了，他马上回到了奥里维的身边。他们见到克利斯朵夫时很殷勤，尤其是雅葛丽纳，绝口不说伤害克利斯朵夫的话。

克利斯朵夫以为她变了，其实她仅仅是为了讨他的喜欢。

事实上，他们夫妇的生活变得很糟。雅葛丽纳烦闷得要死，非常孤独！她经常流着泪醒来，噩梦并不会因为白天的来临而消失。她开始恨奥里维，认为是他给自己带来痛苦。她是绝对不爱克利斯朵夫的，她接受不了他的粗鲁、爽直，尤其是淡漠无情，但在潜意识中，她认为他是强者，是死亡上的岩石，而她想依附这块岩石。因此，她打算通过勾引克利斯朵夫来破坏两个男人之间的友谊。

一天晚上，吃过晚饭，大家觉得夜色美极了，都想出去散步。雅葛丽纳上楼去拿围巾，久久没有下来，克利斯朵夫进屋找她。

"雅葛丽纳，你在吗？"克利斯朵夫走进卧室，百叶窗关上了，房间里一片黑暗。

突然，雅葛丽纳在黑暗中主动上前亲吻了克利斯朵夫，之后便若无其事地离开了卧室，克利斯朵夫则垂头丧气地跟在后面。

第二天晚上，奥里维接到克利斯朵夫的一封信：

好朋友，我是个疯子，别怪我的不辞而别。谢谢你的亲切款待，也许我不配生活，只能远远地爱着别人，这样比较妥当。我希望你们幸福！我依然爱你！

雅葛丽纳读完了信，将信揉成一团，摔在地上。奥里维抓住她的手，慌张地问："怎么了？"

"别管我！"雅葛丽纳走了出去，到门口又嚷了一声，"你们这帮自私的家伙！"

重新回到孤独的克利斯朵夫终于把《大日报》变成了仇敌。他不能为了人家的援助降低人格，不能放弃自由。于是，报纸用激烈的言辞攻击他，指控克利斯朵夫剽窃，偷了别人的灵感，到处都是对他的诽谤。这个时候，克利斯朵夫还跟他的出版商反目了。他发现自己的七重奏被改成了四重奏，便跑去质问哀区脱。

"你私自篡改我的作品！"

"你的作品是属于我的。"哀区脱静静地说。

"也是我的！"

"不是。"哀区脱的语气很温和。

"为什么不属于我？"克利斯朵夫跳起来喊道。

"你把它卖给我了。当初你把所有的版权都卖了我，没有任何限制与保留。"说着，哀区脱递过合约，让克利斯朵夫阅读，"你瞧，我还是客气的。"

"我把灵魂出卖了！"克利斯朵夫捧着头痛苦地说。

"放心，我决不滥用权利。"哀区脱讥讽地说。

克利斯朵夫犯了傻，想用从前五十倍的价钱收回全部的作品版权，但一时无法偿付。他便将屋子退了租，另外租了一间便宜的。他还卖了好多东西，却发现它们都不值钱。

自从离开奥里维的家，他们再没有联系，似乎一切全完了。克利斯朵夫也不想结识新朋友，他躲着整个巴黎，想回故乡休息几天。想见见莱茵河的天空，埋葬亲人的土地，但是有被逮捕的危险。通缉令始终没有撤销，但他还是想回去，哪怕只回去一天，所以他还是冒险回去了。

克利斯朵夫又一次见到了故乡，他停留了两天，看到妈妈的坟，草长得很高，鲜花是新养的。爸爸与祖父并肩长眠。

他坐在他们的脚下，望着天，就这样过了几个小时。

他在墓园转了几圈，多少熟悉的人都在这里，老于莱、于莱的女婿，还有童年的伴侣，最后一个名字令他心动——阿达……大家都得到安息了……

晚霞铺满天空，他走出墓园，在田野徘徊了好一会儿……

第二天，他又去了熟悉的街道。那条街，那道墙，都变得小了。他在克里赫家花园的墙边停留了一会儿，刚要继续往前走，恰好有辆车经过，车里坐着一位丰满的少妇。

少妇见到他，惊讶地喊："你是克拉夫脱先生吗？"

他停下脚步。

"我是弥娜呀！"少妇笑着说。

克利斯朵夫迎上去，心里像第一次遇到她时一样的慌乱。她的丈夫，一位高大秃顶的男子，法官洪·勃龙巴哈先生，邀请他去家里吃晚饭，弥娜讲着这些年的经历。

克利斯朵夫被她热情的声音吵昏了，默默地望着她，这就是他的小弥娜！神情、态度、风韵，都和从前一样，唯有身材变了。

弥娜不停地在丈夫面前称赞丈夫："他是我从来没有见过的最伟大的男子。""最伟大的男子"拍拍弥弥娜的腮帮，对克利斯朵夫说："弥娜是最了不起的贤惠太太。"

在弥娜周围，除了克利斯朵夫，谁的思想都没有改变。小城的沉闷，眼界的狭窄，都令他难过。他在国外并不喜欢自由精神，但回了国，倒感受到自由的可贵。

克利斯朵夫来到河边，来到他从前和舅舅聊天的地方。他坐了下来，过去的日子又复活了，和他一起做过初恋美梦的小姑娘又出现了……

月亮升了起来，老城沉睡在暗影中。

克利斯朵夫悄悄离开了，也带走了故乡在他心里迸发的星星之火，这是过去的神圣灵魂。他最终回到了法国。

一天傍晚，亚诺太太被一阵铃声吵醒，她打开门，发现来人是克利斯朵夫。只见他神色慌张地说："奥里维回来了吗，他说让我救救他，雅葛丽纳走了，跟她的情夫走了……"

"她的孩子呢？她不是生了孩子吗？"

"雅葛丽纳把丈夫、孩子都丢下了。"

"狠心的女人。"亚诺太太说。

"奥里维始终爱着她，他总说，她欺骗了他，最好的朋友欺骗了他……我就说既然她背叛了你，干脆抛弃她吧！"

"你这么说太残忍了。"

"我这是脱口而出的……谁知道呢？也许真应该这么做。"

"不会，你的心肠多好。"

"被热情和冲动控制的时候，我和别人一样残忍。"

亚诺太太抓住克利斯朵夫的手，问："他的孩子怎么办？"

"我就是来和你商量这件事的。我和奥里维都不能抚养，赛西尔碰巧去了，看到孩子时很感动，和我说……"

克利斯朵夫还在说话，亚诺太太心里想着：赛西尔比我更需要，我还有亚诺，并且，我比赛西尔的年纪要大，不适合。

奥里维被打倒了，无论克利斯朵夫怎么劝说，他还是无法振作起来。奥里维知道，雅葛丽纳也是牺牲者，是他没有能力让她幸福，她斩断伤害她的束缚也是她的权利。他想，这一切都是我的错。我不懂怎么爱她，无法让她爱我。

灾祸令人孤独。奥里维无法对别人说出他的痛苦。克利斯朵夫感到很惭愧，恨自己不能帮助朋友，也恨透了雅葛丽纳。

但生活总归要继续，谁也没有办法跟随痛苦的脚步停下来。也就是在这个时候，克利斯朵夫受邀出席了奥国大使馆的晚宴。

因为夜莺要在这里演唱舒伯特和克利斯朵夫的歌曲。克利斯朵夫的作品在各个音乐厅都有演奏，还有一部剧本被歌剧院接受，似乎冥冥之中有人在默默地关注着他。克利斯朵夫感到这个人在躲着他，不肯相见。他又想着奥里维，还有法朗梭阿士。

在这之前，克利斯朵夫读早报时，得知法朗梭阿士在旧金山病重的消息，想象着她一个人孤零零地住在旅馆，不愿意见任何人，该是怎样的孤独。

心里装着各种事，克利斯朵夫避开人群，躲在冷僻的小客厅，站在被树木阴影遮掩的角落，听着夜莺美妙、凄凉而热烈地唱着舒伯特的《菩提树》。纯洁的音乐令他浮想联翩，他的眼睛蓄满雾蒙蒙的泪水……

这时，对面的镜子里出现了一个贵妇的影子，她看起来很面熟，像某个童年的伙伴。克利斯朵夫仔细搜寻着记忆，贵妇的笑容勾起他的童年往事。还是六七岁那会儿，他被年长的同学欺负，蹲在一边悄悄哭泣，一个女孩子走到他的身旁，把小手放在他的头上，怯生生地说："别哭了！"

几个星期后，那个女孩生病夭折了。为什么忽然想到她呢？在遥远的德国小城里死了的女孩子，和此刻望着自己的贵族少妇有什么关系呢？

克利斯朵夫朝客厅走去。那位女士坐在一群漂亮的妇女中间，微微探着身子听别人说话，脸上堆着心不在焉的笑容。

"您不认得我了吗？"她问。

就在这时，克利斯朵夫认出了她："葛拉齐亚……"

葛拉齐亚此时二十二岁，丈夫是贵族出身，和奥国的首相是亲戚，如今在奥国大使馆做行政人员。靠着丈夫的社会关系，和自身的个人魅力，葛拉齐亚很快在巴黎社交界有了势力，她懂得将势力运用到艺术与慈善中去。她没有忘记克利斯朵夫，少女时期纯真的感情是甜蜜又可笑的，但想起来依然令人激动。来到巴黎后，她想方设法寻访他，在邀请函、请柬上加注自己少女时期的名字，但克利斯朵夫并未在意。她继续留意着他的一切工作和生活。报纸抨击他的笔战突然停止，荒谬的吹捧将他捧红，都是出自她的影响力。她还在大使馆举办克利斯朵夫作品的音乐会，更因为克利斯朵夫的原因而提拔赛西尔，也帮助她显露头角。甚至用巧妙的手腕，设法使官方答应克利斯朵夫回故乡逗留两天而不被通缉。

克利斯朵夫一直以来都感到有个看不见的朋友在暗中帮助着他，今天才知道是谁。

隔了些天，克利斯朵夫去拜访葛拉齐亚。葛拉齐亚亲热地和他谈话，说很担心再也见不到他，因为丈夫调到美国大使馆做一等秘书，马上就要出发。克利斯朵夫含着泪，说："我刚找到你，就要失去你了吗？"

她激动地喊："你为什么来得这么晚？我想方设法见你，就是没回音。"

"以后我们还能见面吗？"

"怕是不能了。"

临走前，葛拉齐亚站起身，克利斯朵夫发现她怀有身孕。那一刻，他心中充满了妒忌、温柔与怜悯等复杂的感情。

那天是诸圣节。外面刮着阴冷的风，克利斯朵夫在赛西尔的家里，赛西尔站在摇篮前，亚诺太太顺路去探望他们。

克利斯朵夫正在出神，想一个人的不幸或者幸福不在于信仰。同样，结婚与不结婚的女子的苦乐，也不在于有没有子女。幸福是灵魂的一种香味，而灵魂中最美的音乐是慈悲。

奥里维走了进来，他的蓝眼睛中显现了一抹清明的光彩。

克利斯朵夫站起身，向钢琴走去，对奥里维说："要不要我弹一支勃拉姆斯的歌给你听？"

"现在你愿意弹奏你对手的作品了？"

"今天是诸圣节，应该宽容地对待每一个人。"

为了不惊醒孩子，克利斯朵夫放低了声音："我感谢你曾经对我的陪伴，希望以后能收获幸福……"

"克利斯朵夫！"

克利斯朵夫将他紧紧搂在怀里："好了，我的孩子，我们的运气不坏。"

他们都坐在熟睡的孩子身边，默不作声。要是有人问他们在想什么，他们脸上谦卑的神情，仿佛只回答一个字：爱。

2

雅葛丽纳出走以后，克利斯朵夫以为奥里维会搬过来。可是奥里维虽然回到他身边，却无法和克利斯朵夫一起过从前的生活。他们每天都频繁见面，却很少说话。

奥里维在蒙罗区的高岗上租了一间公寓。那是个平民区，若是从前，他会对这气味不相投的环境感到痛苦，现在却不在意。他把自己关在屋里回忆往事，只有在探望克利斯朵夫和孩子时才出门。

有一天，他出门时发现屋前守了一堆人。他刚想走过去，却被看门女人拉住。看门女人问他知不知道可怜的罗赛一家出了事。奥里维根本不知道罗赛是谁，但却礼貌地听着，才知罗赛夫妇与五个孩子一起自杀了。他想起自己是见过他们的，尤其是那个十一岁的双目失明的小姑娘。她有一双惊惶的眼睛，不是捧着食物就是抱着妹妹，要不就是牵着七岁的弟弟。

奥里维心里很难受。世界简直是一座医院，每个人都遍体鳞伤，到处都是摧残心灵的酷刑！最惨的还不是贫穷，是人与人之间的残忍！

他去找克利斯朵夫，不停地说话。克利斯朵夫的心绪都被他说乱了，说道："孩子，别总望着生活的窟窿，你会活不下去的。"

"我们应该救出掉进窟窿里的人啊。"

"怎么救？我们也跳下去吗？你总看见可悲的事。要想别人快活，自己先要快活！"

要散布阳光到别人的心里，自己的心里首先要有阳光。奥里维心里就缺少阳光。他开始研究社会上的灾难，与很多普通人走得很近，还参加了许多社会活动。

四月，奥里维患了感冒，同时还伴随着发烧。为了照顾生病的他，克利斯朵夫搬来住了几天。奥里维的身体一直没有恢复，只能整天躺在床上，呆呆地望着克利斯朵夫埋头工作的背影，不禁叹了口气。

"怎么了？"克利斯朵夫问。

"唉，克利斯朵夫，你将来的生活会经历什么危险？怎样渡过难关呢？我愿意跟你一起……但是，我恐怕得搁浅在半路上了……"

"你现在就糊涂。要是你赖在半路，我也不会答应的。"

"你会忘了我的。"

克利斯朵夫站起身，走到奥里维的床前，紧紧握住那出虚汗的手。奥里维温柔地说："谢谢你，我这辈子也有过美满的幸福就够了。"

"不要说傻话了。"

"大概感冒让我萎靡了，让我歇一会儿再说。"奥里维苦涩地笑着。

第二天，奥里维起床了，坐在壁炉边出神。仿佛看见自己小时候坐着火车，跟着妈妈离开家乡，妈妈美丽的侧影、路边清新的风景，映在他的眼前。从前，只要他坐在书桌边，美妙的诗句就自然涌出了脑海。而现在的他，只能疲惫地呆呆地晒着太阳。

克利斯朵夫陪奥里维去城里散步，他俩走过了塞纳河，发现有示威的游行队伍。警察与士兵拦着路，大家挤成一团，又是叫嚷，又是笑。奥里维被克利斯朵夫牵着往前走。

那边骑兵被游行的人丢的石子扔得不耐烦，秩序便乱了。人群一边逃一边辱骂骑兵，并没有人开枪，却有人在喊"抓住凶手"。克利斯朵夫抓紧奥里维的手，说："咱们去奥兰丽的铺子躲一躲。"

奥兰丽的铺子走几步就到了。奥里维不愿意进去，便对克利斯朵夫说要回去。他刚要在铺子前拐弯，远离骚乱的人群，回头正瞧见一个人从瞭望台摔了下来，奥里维忙跑上前救护。混乱之中，不知哪里飞来一拳，打在他左胸上，他立刻倒了下去，再也没有站起来……

在奥里维弥留之际，奥兰丽在他的枕头边放了一小束铃兰。花园里，有个孩子在玩耍，奥里维躺在草坪上，一道喷泉涓涓地流入石钵，一个女孩子笑着……那是奥里维脑海里最后的幻象。

3

奥里维的死让克利斯朵夫晕了过去。

当他醒来时，跳上了开往巴黎的火车，决意要杀了害死奥里维的人。其实克利斯朵夫都不知道是谁害死了奥里维。火车到站后，在黑夜中，克利斯朵夫胡乱朝前走，不知不觉地走进了一片树林，他扑倒在地，大声哭道："奥里维！"

不知过了多久，克利斯朵夫爬起来，继续趔趄着往前走。最后他走到了一间房子前，敲了门，窄门吱呀一声开了，出现一个女人。她笔直地站着，也不说话，只等他开口。

克利斯朵夫说要见哀列克·勃罗姆医生，并报上自己的姓名。饥渴而疲惫的他，好不容易说完这几个字，差点儿倒下。

女人默不作声地转身回去。一会儿，勃罗姆走来，他安排克利斯朵夫睡在一张大床上。待克利斯朵夫醒来，又捧来一杯水让他喝。喝了水之后，克利斯朵夫才有了一点儿力气。紧接着，深深的疲倦涌上来，他又一头倒在床上，沉沉睡去。

再次醒来后的克利斯朵夫，整日呆呆地思考，奥里维，我为什么要认识你？生也无聊，死也无聊。一个人死了，一个家族也跟着消失了，一颗心也死了，这种情形不是很可笑吗？

勃罗姆理解他的痛苦，因此不再打搅他。

克利斯朵夫连续几个小时坐在墙角，一动不动，也不知在想什么。奥里维的死，对他的打击太大，他觉得生活丧失了最后的意义。

但是，无论多深的痛苦，总是会过去的。克利斯朵夫听到了窗外的风声，闻到了皂角树的香味，迷迷糊糊地睡着了。

克利斯朵夫不愿意加重朋友的负担，找了几个教琴的差事，能挣一笔固定的生活费。

勃罗姆常出去看诊。午餐常是克利斯朵夫与女主人阿娜一起吃。起初，克利斯朵夫对她一点儿好感都没有。而相处时间渐长，才慢慢发现她很美丽。他们不知不觉地一点点儿接近，克利斯朵夫弹钢琴时，阿娜就坐在一边干活。

随着接触越来越密切，克利斯朵夫差点儿做出背叛勃罗姆的事。

这一夜，克利斯朵夫起了自杀的念头。他托辞去旅行，出门半个月。他拼命用疲劳来折磨自己，划船、爬山，可是无论做什么，脑海里都有阿娜的影子。

每个人心里有一颗隐秘的灵魂，有些带着盲目的力量，有些是妖魔鬼怪，平时都被封锁起来。理性防御着这片内心的海洋，但暴风雨来的时候，堤岸就会崩溃。

克利斯朵夫努力了十五天，最后还是回到了原处。他控制不了自己想与阿娜在一起的心情，而他们度过的每一秒都是痛苦的。最终，克利斯朵夫醒悟过来，及时逃了去，离开了这座小城。

克利斯朵夫躲在瑞士的汝拉山脉中一个隐蔽的农家，心灵孤独到极点。他写信给赛西尔，说想抚养奥里维的孩子。

赛西尔回信说，早在奥里维死后的三个月，雅葛丽纳就带走了孩子。

复活节的前几日，克利斯朵夫走出家门，在树林旁的村子里看到一个从疗养院跑出来的病人。病人是德国出名的作家，克利斯朵夫从前在曼海姆的杂志上写文章时见过他。

"你在那里做什么？"克利斯朵夫问他。

"我在等待。"那人低声说。

"等什么？"

"等复活。"

　　这句话像火一样在克利斯朵夫的心里燃烧，他感到了另一种力量，赶紧跑了。

　　克利斯朵夫听见生命的歌声像山泉一样在胸中响起。他再次沉浸在艺术中，不停地写。他变回了一个纯粹的艺术家，认为艺术有一种社会的使命。沉浸在艺术中的他，感到一种神奇的力量，感受到了一个陌生的、欢乐的、狂野的灵魂！

　　克利斯朵夫日夜不停地写着，他的头上出现了星星白发，好似秋天的花在九月里一夜之间开遍了草原。

　　夏天将尽，一个巴黎朋友经过瑞士，发现克利斯朵夫的隐居，特意登门拜访，并告诉他，欧洲的各地都在演奏他的作品。应朋友的要求，克利斯朵夫拿出最新写的曲子，但对方完全不懂，以为他疯了。

　　克利斯朵夫并不希望对方理解他。送走了客人后，他站在林中空地上，夕阳笼罩着他。克利斯朵夫的心就像云雀一样，他知道自己永远能够在火焰中飞升。

9

复活

1

克利斯朵夫不介意时光的飞逝。他的生命在别处，没有记忆的捆绑，只会一刻不停地创作音乐。他赢得了好名声，头发却白了，年纪也大了。但他的心永远年轻，暴风雨的打击让他在深渊中看到了不一样的风景，那风景始终留在他的心灵深处。他的心中有两颗灵魂：一颗像一片承受着风雪的高原，另外一颗像在阳光中积雪的山峰。

在德国犯下的旧案已经撤销，现在的克利斯朵夫去哪里都可以。但他怕去巴黎，怕伤心的往事被勾起。

夏季的某个傍晚，克利斯朵夫在村子里漫步，村子的拐角处出现了一位妇人。她穿着黑衣，身后跟着两个孩子，一男一女。妇人刚走近，他们就认出了彼此。

"葛拉齐亚！"

"原来你在这里！"

他们握着手，过了一会儿，克利斯朵夫问她住的旅馆，问她的丈夫的近况。她说了旅馆的名字，又指着孝服给他看，原来她的丈夫去世了。

晚上，克利斯朵夫来到葛拉齐亚所在的旅馆，两人聊了很久。过了两天，他们又见了一面，并通了信。克利斯朵夫读着葛拉齐亚写来的信，伏在枕头上大哭了一场，十年来的孤独所结下的悲伤通通发泄出来了。

自从奥里维死了以后，克利斯朵夫始终是孤单的。葛拉齐亚的信似乎唤醒了他那颗渴望温情的心！他自以为早已放弃了对温情的期待，如今才知自己是多么需要温情，他心中又积蓄着多少爱！

葛拉齐亚在当地只逗留了几天。他们约定秋末在罗马相会。若不是为了去看望她，克利斯朵夫根本不想踏上这段旅程。

就在秋天将尽的时节，克利斯朵夫迷迷糊糊地坐在车厢的一角，朝罗马出发。一到罗马，他马上去见了葛拉齐亚。

葛拉齐亚问："你从哪条路来的？在米兰、佛罗伦萨，都待了一段时间吗？"

"干吗要在那些地方待？"

葛拉齐亚笑了："你这话真是妙极了！那么对罗马又有什么样的印象呢？"

"毫无印象，一出旅馆就来这里了。"

葛拉齐亚凝视着他的眼睛，克利斯朵夫也望着她。他们都有所改变，内心却丝毫没有变。踌躇了几个星期，克利斯朵夫终于问她："难道你始终不愿意？"

"什么？"

"你不愿意属于我吗？"

"现在不就是吗？朋友。"

"我说的不是这个。"

她微笑着说："不，朋友。"

她看出他的伤心。

"只能做朋友吗？"他怅惘地问。

"从前你的眼里只有我的表姐时，不明白我对你的感情，要不我们的一生可能完全是另一番模样。我认为现在这样更好，我们的友谊没有被日常生活所玷污。"

"你没有像从前那么爱我。"

"不，我始终那么爱你。"

"你骨子里并不怎么爱我。"

她惆怅地笑笑："我不是年轻人了，生活真磨人，有时候我看你还像个十七八岁的孩子。"

"你看我这么老，皮肤这么憔悴了！"

"我知道你受过的痛苦可能比我还多。但有时你望着我，眼中涌出来一股朝气。我的朝气已经熄灭了，热情不再。现在没有胆量尝试婚姻。"

"我伤心了。"

"你不应该伤心，真的。"

"为什么？"

"因为你有一个非常爱你的女朋友。"

"那请你再说一遍。"

葛拉齐亚望了克利斯朵夫一会儿，凑上前亲吻了他。由于太过突然，待他反应过来，想要将她搂入怀中时，她已经跑开了。

从此，他们不再提爱情，关系也不再拘谨。他们常常一块儿沿着橡树林漫步，罗马的天空笑得多么甜蜜。

拉丁艺术的意义，通过葛拉齐亚的眼睛渗进了克利斯朵夫的心。葛拉齐亚替他打开了一扇新艺术世界的门，他领会到拉斐尔与提香的清澈恬静。

四月中旬，克利斯朵夫收到巴黎方面的邀请，要他去指挥音乐会。他没有考虑就想谢绝，但他觉得应该先和葛拉齐亚商量。谁知葛拉齐亚劝他接受，她知道音乐家在意大利不容易生存，他会受到限制。而天才不能缺少养料，音乐家不能缺少音乐，他不能只把自己的音乐演奏给人家听。短时期的退隐是有利的，那必须以重新出山为条件。

克利斯朵夫最终同意了葛拉齐亚的建议。

2

自从奥里维死后，这是克利斯朵夫第一次回到巴黎。他本打算永远不回到这座城市，因此，他挑了一家离从前生活的区域很远的旅馆。

去音乐厅指挥预奏会时，克利斯朵夫还闭着眼睛，不愿意看到眼前的城市。

艺术界和政界仍旧是那么专横、那么混乱。二十年前的青年如今比他们当初攻击的老头儿更保守，批评家不承认新来的人有生活的权利，表面上什么都没有改变，但实际上什么都改变了。

克利斯朵夫留在巴黎，一方面是为了讨葛拉齐亚喜欢，另一方面是因为艺术家的好奇心。他把精神上的所见所为都献给了葛拉齐亚，并写信让她知道。葛拉齐亚半个月回复一封信，都是措辞亲切而极有节制的，像她的行为举止一样。提到自己的生活时，她始终保持着温柔、高傲和矜持的态度。

克利斯朵夫在巴黎住得越久，越不喜欢忙忙碌碌的活动。造化弄人，十年后重新回到巴黎，追捧他的竟是从前的敌人。他数量惊人的作品，年代悠久的名字，使现在的他坐在世界的拐角，能够回头望望惊心动魄的时光中的黑夜，回想年轻时的笑容。

克利斯朵夫在这座繁华的都市中，却感到深深的落寞与孤独。

七月后的一天早上，克利斯朵夫坐在桌前给葛拉齐亚写信。有人来敲门，他去开门，来人是一个十四五岁的男孩子。因为被打扰，克利斯朵夫让他进来时，还有些不大高兴。

男孩的身材高高瘦瘦的，表情有些胆怯。

"说吧，有什么事？"克利斯朵夫问。

"我是……"男孩红着脸，没说下去。

"难道你怕我吗？"

"不怕。"

"好极了。那告诉我，你是谁？"

"我是……"男孩又停住了，他注视着屋子里的陈设，他的目光最后停留在壁炉架上奥里维的照片上。

克利斯朵夫循着他的目光望去："说吧，你是谁？"

"我是他的儿子。"

克利斯朵夫惊得从椅子上跳了起来，他抓住孩子的手，紧紧地搂着他，瞅着他，喃喃说："我的孩子……可怜的孩子……原来是你！"

他亲吻着孩子的脸、额角、腮帮……孩子被他激动的举动吓坏了，挣脱了他的怀抱。克利斯朵夫把额头靠在墙上，冷静了几分钟，再次抬起头来的时候，他的脸色已经平静了。

"对不起，我把你吓坏了……你叫什么名字？"

"乔治。"

"几岁了？"

"十四岁。"

"日子过得真快！你多像你的爸爸，却明明又不是他。谁让你来找我的呢？"

"我自己。"

"你怎么知道我的？"

"我妈妈告诉我的。"

"她知道你到我这儿来吗？"

"不知道。"

"你们住在哪里？"

"靠近蒙梭公园的地方。"

"你怎么想起来看我的呢？"

"因为您是爸爸最好的朋友。"

"是她……"克利斯朵夫刚准备说雅葛丽纳的名字，又改口说，"是你妈妈告诉你的吗？"

"是的。"

克利斯朵夫微微一笑，心想，她还在忌妒我！

"您喜欢我吗？"

"我喜不喜欢你，跟你有什么关系？"

"关系大着呢！"

"为什么？"

"因为我喜欢您啊。"

那一刹那间，克利斯朵夫看着那孩子，听着他的声音，心里舒服极了。他觉得他和奥里维的痛苦，都被这孩子的眼睛抹平了。这孩子是从奥里维的生命中长出来的嫩芽，而克利斯朵夫自己也因这嫩芽而复活了。

经过交谈，克利斯朵夫才知道，乔治完全不知道他的音乐。直到几个月前，克利斯朵夫回到巴黎，凡是演奏他作品的音乐会，乔治一次都没有错过。提起他的音乐，乔治的眼睛就发亮。但克利斯朵夫提了几个专业方面的问题，发现乔治对音乐一无所知。他说他在读中学，成绩并不怎么好。他聪明又机灵，和克利斯朵夫约好了下次的见面时间。

到了约定的时间，克利斯朵夫想到要见这个孩子，兴奋得一夜没有睡觉。可是他空等了一场，乔治没有来。甚至没有写来一封道歉的信。在悲伤中，克利斯朵夫竭力想一些乔治没有来的理由，他努力原谅这个孩子的失约。他不知道乔治的地址，即使知道也不敢去找他。

十月将尽的时候，乔治终于来敲门了。他若无其事地道了歉，没有一点儿惭愧的样子，并解释说，之前之所以失约，是因为临时去了布列塔尼。本来想写信告知克利斯朵夫的，但是后来忘记了。

"你什么时候回来的？"克利斯朵夫问他。

"十月初。"

"那怎么现在才来看我？老实说，是不是你妈妈不准你来？"

"不是。正是她督促我来的。暑假看完您，回去我就告诉她了。她说我做得对。刚从布列塔尼回来，她就让我来看您。八天前她又提此事。今天知道我没有来，她便生气了，要我吃完午饭就来，不许再拖了。"

"你不觉得难为情吗？要人家逼你了，才来看我。"

"对不起，我让您生气了！您别恨我，我很喜欢您。没人强迫我，人家只能强迫我做我愿意做的事。"

"坏小子！"克利斯朵夫笑了。

乔治的性格和奥里维完全不同。爸爸的生命是一条埋在地下的暗河，默默无声地流淌，儿子却全部暴露在外面，像一条欢快的溪流，在阳光底下玩耍。可是他们的本质同样明澈，像他们俩的眼睛一样。

后来的几天里，乔治每天都来。他有一股青年人的热情，但这是热情很快便消退了。此后的几个星期，又不见踪影。

克利斯朵夫不愿意批评乔治。他写信给雅葛丽纳，谢谢她叫儿子来看他。雅葛丽纳回复了一封简短的信，她在信中说，只希望克利斯朵夫照顾好乔治。

冬天过去了。葛拉齐亚很少来信，她对克利斯朵夫保持着忠实的友谊。她从来不怀疑他的友谊，好似克利斯朵夫从来不怀疑她的友谊一样。但这种信念多半是光明而不是热度。

在克利斯朵夫看来，一切都可以接受，音乐生活能带给他全部的满足。人生变成了梦，艺术倒变成了现实。

这个冬天过得很快。黄昏时做完了一天的工作，克利斯朵夫默默地回顾一生的成绩，也说不出冬天是漫长还是短暂，自己究竟是苍老还是青春……

克利斯朵夫又收到了葛拉齐亚的来信，她说她准备带两个孩子来巴黎。克利斯朵夫收到信没几天，葛拉齐亚就到了巴黎。

他们约定好，周二下午葛拉齐亚到克利斯朵夫家探望他。唯一的条件是，屋子里的每样东西不能有一点儿变动。克利斯朵夫心情激动地等待着这一天到来。

那天，葛拉齐亚走进屋子，打量着屋里的陈设。过道又窄又黑，屋里陈设简陋。她没想到克利斯朵夫一辈子受了那么多的苦，现在已经有了名气，物质生活还是这么清苦！其实克利斯朵夫并不在乎房间里没有地毯，没有沙发，除了一张桌子、三张硬椅，和一架钢琴之外，房间里再没有其他家具，他喜欢这样简洁的生活。

葛拉齐亚临走的时候，克利斯朵夫问："你不笑话我吗？"

"什么？"

"屋子这么乱。"

葛拉齐亚笑了："你还是从前的样子。"

葛拉齐亚与克利斯朵夫约定每周来这里一次，克利斯朵夫被她的温柔融化，他相信他们永远是最好的朋友。

过了一段时间，葛拉齐亚的儿子得了肺病，葛拉齐亚只好带着他去阿尔卑斯山的一所疗养院疗养。克利斯朵夫没有经过她的同意，找了过去。

他们俩在孩子的床头度过了好几天痛苦的日子，尤其是情势最为危急的一夜。似乎没有希望的孩子居然得救了，两人守在睡着的孩子旁边，觉得快乐极了。葛拉齐亚拿着大衣，拉着克利斯朵夫往外跑，他们一起在雪地里走着，静寂的夜，天上星星在闪烁。他们难得开口，却没有说一句关乎爱情的话。

回来时，他们站在门前的台阶上，因为孩子得救觉得幸福不已，叫了彼此一声，"朋友，亲爱的朋友……"

除此之外再没有别的表示，他们的关系更加神圣。

克利斯朵夫回来后，还去探望过亚诺夫妇，并告诉葛拉齐亚，他们生活得多么幸福。葛拉齐亚不禁胡思乱想，也憧憬着白头偕老的美好幸福，可是为了患肺病的儿子，她不得不牺牲这份幸福。克利斯朵夫虽然很生气，却也默默地忍了下去，理解了她的苦衷。

葛拉齐亚的身体累垮了，整天躺在躺椅上。克利斯朵夫每天过来念书给她听。在幽静的老房子里消磨时光是多么甜蜜，他们享受了几个月的幸福。对于他们的关系，葛拉齐亚的儿子沉默了一段时期，之后表示出不满。他逼着妈妈，要求离开巴黎到远方去旅行。医生也劝她去埃及住上一段日子。为了儿子的健康，却要使朋友伤心，这些都在影响葛拉齐亚的身体。

九月的一天早上，克利斯朵夫送葛拉齐亚踏上曲曲折折的山路，他俩紧紧地靠在一起，一言不发。到了山路的拐弯处，克利斯朵夫下车，车消失在山雾中。他还能听到车轮的声音，可是再也看不到好友的身影了，一切都过去了。

3

克利斯朵夫回到了巴黎。

雅葛丽纳受到一位女修士的蛊惑，把意志、金钱、感情等通通捐了出来，完全忘记了乔治。乔治像脱缰的野马，只顾着玩，因赌博输了很多钱。高兰德早就注意到这个青年人，此时见他走在危险的边缘，忙写信通知克利斯朵夫，克利斯朵夫匆匆赶来。

克利斯朵夫是唯一对乔治有影响的人，乔治心里只佩服一人，就是克利斯朵夫。他们之间的代沟很深，彼此经常无法理解对方，因此吵得很凶，常常几个星期不见面。虽然乔治完全不理解克利斯朵夫的信仰，却依然对他非常尊敬，要是有谁诽谤克利斯朵夫，他会拼命维护。

远在埃及的葛拉齐亚，最终没能救回儿子的生命。儿子长眠不起之后，葛拉齐亚表面看上去很平静，但谁也想象不到她内心的悲苦。过了两三个月，她才恢复过来。

克利斯朵夫不明白葛拉齐亚为什么不经常写信给自己。虽然偶尔也会收到她的信，他会在读起来语言平静的信中，读到一些压抑着热情的句子。他吓坏了，却不敢有任何表示。

一天下午，克利斯朵夫收到高兰德派人送来的信，信上说葛拉齐亚去世了。

葛拉齐亚的死讯来得太快了！她本来准备晚上给克利斯朵夫写信，却没有等到晚上，就失去了呼吸。临终前，她将手上的戒指交给了女儿，要她转交给克利斯朵夫。

克利斯朵夫读了高兰德的来信，表现得十分平静。乔治很是担心，想安慰他，却发现他根本无须安慰。

一个人越是承受着悲苦的生活，越是能创造伟大的奇迹，越是懂得深沉的爱，他便越来越能逃出死神的掌握。

一天晚上，在高兰德的家里，克利斯朵夫弹了差不多一个小时的钢琴，他尽情地发泄，忘记了客厅里都是不相干的人。大家听得懵懵懂懂，高兰德的眼眶里蓄满了泪水……

弹完那支曲子之后，克利斯朵夫转过身，见大家激动的样子，耸耸肩膀，大声地笑起来。他把痛苦化成一种力量，痛苦无法再使他屈服。

这个时期，他创作了他最沉痛、也是最快乐的作品——《平静的鸟》和《西比翁之梦》。在克利斯朵夫的作品全集里，这两支作品是把他当时的音乐成就与才华，结合得最完满的。

这种从生离死别的悲痛中迸发的热情，维持了两三个月。然后，克利斯朵夫怀着坚强的心，踏着稳健的步子，又回到普通的人生中去了。

4

乔治和奥洛拉是在高兰德那儿遇见的。奥洛拉十八岁，比乔治小五岁。她每年在罗马住几个月，余下的时间都住在巴黎。克利斯朵夫叫她睡美人，她常常使他想起萨皮纳。

奥洛拉什么都不想学，一部书可以看上几个月，觉得这些作品挺有意思的，但过了几天后，连书的名字都记不起。

克利斯朵夫对奥洛拉的感情近于父亲的慈爱。奥洛拉也真心尊敬克利斯朵夫。自从在他家中经常碰到乔治，她来得更勤了。

两个年轻人过了好久，才发觉自己的感情。克利斯朵夫暗中使了不少劲，让两个孩子接近。可是他们的关系变得亲近后，他又不敢确定，把天真无邪的奥洛拉交给乔治是不是罪过？

克利斯朵夫很容易感到疲乏，越来越思念故乡。但他对谁都没有说，便偷偷地回了故乡。

现在莱茵河畔的小城变成了工业城市。公墓不见了，原来萨皮纳的农庄，现在盖了一家大工厂。河水把克利斯朵夫儿童时玩耍的那片草原冲没了，过去的一切都消失了。好在生命还会延续下去，或许在这条题着他名字的街上，破屋子里有别的小克利斯朵夫在承受痛苦、在奋斗。

从德国回来后，克利斯朵夫想在当初遇到阿娜的小村里停留一会儿。多少年来，一想到她的名字他就会心灵颤抖……现在他安静了，什么都不怕。

在阿娜从前做礼拜的教堂，克利斯朵夫躲在一根柱子背后，等待着阿娜。

果然，有个女人走来。她和别的女人完全一样，胖胖的身材，穿着黑衣服，双手环抱在胸前，捧着一本《圣经》。

克利斯朵夫心想，主啊！这就是我曾经爱过的人吗？她在哪儿呢？而我自己又在哪儿？吞噬我们的残酷的爱情，现在留下了什么？

他的上帝回答道："在我的身上。"

于是，他抬起眼睛，看着她挤在人堆里，走到太阳底下。

回到巴黎，克利斯朵夫和多年的敌人握手言和。悲喜剧演到了终场，各人以本来的面目相见，发现谁也不比谁高明。

乔治和奥洛拉的婚期定在初春。克利斯朵夫的健康状况却越来越糟糕。有一回他听见乔治和奥洛拉低声谈话。

乔治说："他脸色不好！很可能会病倒的。"

奥洛拉回答："但愿别耽误了我们的婚期！"

这样的对话让克利斯朵夫心寒。

偏偏就在他们结婚的前两天，克利斯朵夫的旧病复发了。他骂自己不小心，但硬是撑到婚礼结束，把漫长的教堂仪式挺了过来。从教堂回来，一到高兰德家，他就感到精力不济，赶紧躲在一间屋里休息。朋友劝他雇一名看护，他不肯，说一向过着孤独的日子，请看护岂不是剥夺了他的清静吗？

蜜月中的奥洛拉终于来信了。

奥洛拉在信中提到，请克利斯朵夫到高兰德家取一条落下的围巾，再寄给她。这本是无关紧要的一句话，克利斯朵夫却十分开心能为她做事。身体刚恢复一点儿，就爬起来出门了。回家时，看门女人递给他一段从杂志上剪下的文字。原来是一篇痛骂他的文章。

这个骂他的作者在文章中声称，下半月刊还会发表攻击他的文章。克利斯朵夫看完后，一边上床一边笑着心想，哼，要大吃一惊呢！那时他找不到我了。

近年，他总是和自己对话，仿佛一个人有了两个灵魂。最近几个月，心中的伙伴越来越多了。他们互相交谈，更多的是在唱歌。他有时参与他们的谈话，有时不声不响地听着。

直到有一天，克利斯朵夫用颤巍巍的手，写出瑞典王在战场上临死时说的一句话：我目的地到了，兄弟，你自个儿想办法吧！

好似对着一座结构复杂的楼阁，他把自己的一生影像全都看到了……

青年时期拼命努力、顽强的奋斗、友谊的快乐与考验、艺术的成功，使得生命达到高峰。他骄傲地以为可以主宰自己的命运，不料遇到爱情、丧事、背叛……他倒下去了，被命运的马蹄践踏，鲜血淋漓地爬到顶峰。锻造灵魂的火苗在云中吐着火焰，他遇到了上帝。之后，他筋疲力尽，明白了努力在上帝指定的范围内完成了任务后，有权利躺在山脚下休息。对阳光普照的山峰说："我不欣赏你们的光明，但你们的阴影对我来说是甜美的……"

这时，爱人出现了。爱人握着他的手，死神却摧毁了他的肉体，把爱人的灵魂灌输到了他的灵魂里面，他们一同走出了时间的洪流。

他太着急了，自以为已经到了彼岸。可是胸口的剧痛，脑子里乱哄哄的人影，使他明白还有最后且最不容易走的一段路，必须拥有足够的勇气才能向前！

他问自己："你究竟是希望你的名字流芳百世，还是你的作品流芳百世？"

接着，他又毫不迟疑地回答自己："让我的作品永生吧！"

但过了一会儿，他觉得作品跟自己一样没意思。音乐的语言比什么都消耗得更快，一二百年后，只有少数人才懂得。

"难道我并不热爱生命吗？"他惊讶地问自己。但立刻又明白，这表示他正热爱生命。

艺术是人类投射在自然界中的影子，音乐只是幻象，音阶是凭空想象出来的东西，跟任何声音都没有关系。常常有天才在偶尔和大地接触的一刹那，自以为看到了真正的流水……

克利斯朵夫就这样沉迷在身体中的几个灵魂的对话里。

克利斯朵夫长时期地昏迷了一阵子，发着高烧，做着纷乱的梦，待他醒来时，奇怪的梦境还留在心头。他听到一个乐队奏起他的颂歌，不由得感到奇怪："他们怎么会知道我的曲子？又没练习过，希望他们把曲子奏完，别弄错了！"

他挣扎着坐在床上，无可奈何地对着乐队挥手，希望他们别把他丢下。终于，他在梦里逃出了黑暗的隧道。一切都静下来，他又听到了一个声音："多美！再来一次吧！"

他的意识完全涣散了，他合上眼睛，紧闭的眼睛里淌出幸福的泪水。

世界上的一切都感觉不到了。圣者克利斯朵夫渡过了生命的河流，他在逆流中走了整整一夜。早祷的钟声突然响起，天又亮了！

他终于到达了彼岸，他对他的孩子说："咱们到了！唉，孩子，你究竟是谁呢？"

孩子回答："我是即将来到的日子。"

图书在版编目（CIP）数据

约翰·克利斯朵夫 /（法）罗曼·罗兰著；叶紫莹改写 .—沈阳：辽宁少年儿童出版社，2017.1

（诺贝尔文学奖大师经典悦读：少年版 / 金波主编 . 启迪卷）

ISBN 978-7-5315-6901-5

Ⅰ.①约… Ⅱ.①罗… ②叶… Ⅲ.①长篇小说—法国—近代 Ⅳ.①I565.44

中国版本图书馆CIP数据核字（2016）第203217号

约翰·克利斯朵夫 Yuehan Kelisiduofu

出 版 人：张国际	责任校对：孙雪华
总 策 划：张荣梅	责任印制：吕国刚
责任编辑：唐 棠	绘 图：一超惊人
特约编辑：李亚利	封面设计：木马视觉

出版发行：北方联合出版传媒（集团）股份有限公司
辽宁少年儿童出版社

地 址：沈阳市和平区十一纬路25号 邮编110003
发行部电话：024-23284265 23284261
总编室电话：024-23284269
网 址：http://www.lnse.com E-mail:lnsecbs@163.com

幅面尺寸：150mm×215mm
印 张：5.5 字数：100千字
承 印 厂：北京嘉业印刷厂
出版时间：2017年1月第1版
印刷时间：2017年1月第1次印刷
标准书号：ISBN 978-7-5315-6901-5
定 价：19.80元